Sylvia Jahn

Die Leichtigkeit ist zurück vom Urlaub

Eine Erzählung über sogenannte Traumjobs,
umtriebige Kleingeister und Abenteuerreisen

Bibliografische Information der Deutschen
Nationalbibliothek: Die Deutsche Nationalbibliothek
verzeichnet diese Publikation in der Deutschen
Nationalbibliografie; detaillierte bibliografische Daten sind
im Internet über dnb.d-nb.de abrufbar.

TWENTYSIX – der Self-Publishing-Verlag
Eine Kooperation zwischen der Verlagsgruppe Random
House und BoD – Books on Demand

Herstellung und Verlag:
BoD – Books on Demand, Norderstedt

© 2020 Sylvia Jahn

ISBN: 9783740766597

Kapitel 1

„Sehr geehrte Frau Franziska Sappel, vielen Dank für die Zusendung Ihrer Bewerbungsunterlagen. Leider müssen wir Ihnen mitteilen, dass wir uns für eine andere Interessentin entschieden haben. Wir wünschen Ihnen alles Gute für Ihren weiteren beruflichen Werdegang."

Ich falte den Brief zusammen und stopfe ihn in meine taubenblaue Lederhandtasche, die neben mir auf einem Holzhocker liegt. Meine Oma hat sie zu ihrem Geburtstag bekommen und mir dann geschenkt, weil ich die Tasche mehrmals sehnsüchtig angestarrt habe.

Ich bin 34 Jahre alt und sitze in einem asiatischen Schnellrestaurant am Hauptbahnhof in München.

Vor ein paar Minuten stieg ich aus dem Zug, der mich von einem Vorstellungsgespräch zurück in die Stadt brachte. In dem Gespräch ging es um eine Stelle als Biologielehrerin für eine internationale Privatschule. Der Schulleiter will sich die Woche noch melden, um mir den Job zu geben oder auch nicht.

Beim Asiaten sortiere ich die Post, die ich heute Morgen noch schnell aus meinem Briefkasten geholt habe.

Der Kellner des Restaurants steuert auf mich zu.

In der einen Hand hält er einen roten Eimer, in der anderen einen großen Putzlappen. Er bleibt vor meinem Tisch stehen. Er fuchtelt kurz mit dem Putzlappen und gibt mir zu verstehen, dass er den Tisch wischen will. Ich halte meine Papiere und Post in die Luft, um ihm Platz zu machen. Mit schwungvollen Kreisbewegungen bringt der Kellner den Tisch zum Wackeln, so dass auf der Tischplatte die Saucengläser und der Bestecktopf hin und her rutschen während aus seinem Eimer bräunliches Wasser auf den Boden schwappt. Außer mir ist kein Kunde im Laden. Kaum ist der Kellner mit meinem Tisch fertig, läuft er an mir vorbei in die Küche und kommt kurz darauf mit einem Schrubber und einem anderen, diesmal gelben Eimer zurück, der ebenso mit bräunlichem Wasser gefüllt ist. Der Kellner klatscht mit dem Schrubber so viel Wasser auf den Restaurantboden, dass sich Pfützen bilden. Meine Essensbestellung hat er anscheinend vergessen. Es kommen zumindest noch keine wohlig appetitlichen Gerüche aus der Küche.

Der schrubbende Kellner kommt näher. Diesmal halte ich meine Füße hoch, um ihm den Weg frei zu machen. Der Mann hat ganz offensichtlich schlechte Laune.

Ähnlich wie ich, denn langsam aber sicher habe ich genug von den ständigen Jobabsagen. Ich muss stöhnen. Der

Kellner blickt kurz auf und sieht mich mit gerunzelter Stirn an bevor er weiter arbeitet.

Ich habe mich zum Beispiel als Putzfrau mit Leitungsfunktion beworben, was in der Stellenanzeige als Kolonnenleitung von Raumkosmetikerinnen ausgeschrieben war. Putzen, das kann ich. Putzen gehört zu meinem Leben seit ich mich erinnern kann. In meiner Familie wurde und wird viel geputzt. Jeder hilft jedem bei Familienfeiern, Umzügen, Umbauten, Geschäftseröffnungen, Mitarbeiterfeiern und Ferienwohnungen.

Oma Käthe sagt als Ansporn oftmals: „Arbeit macht das Leben süß." Früher habe ich ihr alles geglaubt.

Mittlerweile jedoch hege ich so einige Zweifel, ob sie tatsächlich Recht hat, besonders, was das Arbeitsleben betrifft.

Ich helfe ihr öfters beim Putzen ihrer zwei Ferienwohnungen, besonders, wenn die Gäste kurz hintereinander anreisen. Die Wohnungen liegen an einem See, umgeben von idyllischer Berglandschaft in den Alpen. Ihre Stammgäste, und das sind inzwischen einige, kommen mindestens einmal im Jahr zum Urlaub. Oma Käthe hatte schon immer Ferienwohnungen, auch während der 20 Jahre, die sie als Vorstandssekretärin bei einer Bank arbeitete und sich nebenbei um ihren pflegebedürftigen

Mann, das Haus und zwei Kinder kümmerte. Ich habe mich oft gefragt, wie sie das alles geschafft hat. Gehöre ich etwa der neuen, angeblich verweichlichten und verwöhnten Gesellschaftsschicht an und bin nicht belastungsfähig oder stressresistent, obwohl das in allen Berufen mehr denn je gefragt ist?

Bei Oma Käthe gab es trotz aller Arbeit anscheinend nicht so viel negativen Stress im Beruf wie heute. „Bei uns ging's lustiger zu", sagt sie. Vielleicht auch, weil es zu ihrer Zeit nicht so viele Regeln, Informationen und Selbstverwirklichungsmöglichkeiten gab.

Jedenfalls könnte ich dem Herrn Kellner hier im Restaurant sofort ein paar Verbesserungsvorschläge machen, was Putztechnik, Effektivität und tatsächliche Sauberkeit betrifft. Wie so oft jedoch werden meine Fähigkeiten nicht telepathisch erkannt.

„Nein, heute wird nicht Trübsal geblasen", sondern ich will gute Laune schaffen und sage mir: „Erst mal was essen."

Also gehe ich zum Kellner, der inzwischen den Boden vor der Theke bearbeitet. Aus gebückter Haltung sieht mich der Mann vorwurfsvoll an, bestimmt, weil ich über seinen nassen Boden, wenn auch auf Zehenspitzen, zu ihm tapse. Trotz seines mürrischen Gesichtsausdrucks frage ich, wann ich denn mein bestelltes Hühnchen mit Gemüse, Reis und den Frühlingsrollen bekomme.

Der Mann presst ein knappes „Gleich" hervor und putzt weiter.

Wieder auf meinem Tischhocker, denke ich an die letzten Wochen, in denen ich mit zunehmender Abscheu vor Postsendungen den Briefkasten aufgesperrt, hinein gespäht und den Inhalt herausgezerrt habe, um erneut, wie heute, eine freundliche Absage in Empfang zu nehmen.

Berufsberatungsexperten raten dazu Absagen nicht persönlich zu nehmen und sie schon gar nicht als zwischenmenschliche Ablehnung zu betrachten.

Natürlich nicht. Wie käme ich dazu.

Ich bekomme Absagen, obwohl ich mich als flexibel darstelle, teamorientiert, vorausschauend, strukturiert, selbständig und kreativ.

Rückblickend beschäftige ich mich mit der Jobsuche und der Frage „Was will ich werden?" seit ich etwa acht Jahre alt bin. Ich erinnere mich, dass ich bereits zu dieser Zeit häufig nach meinen Zukunftsplänen befragt wurde.

Meistens kamen während Familientreffen gelangweilte Erwachsene zu mir, setzten sich ausgerechnet bei spannenden Kinder-Fernsehserien auf meine Sessellehne und fragten mich, was ich denn mal werden möchte.

Schüttelte ich abwesend den Kopf und murmelte, dass ich es nicht wisse, informierten sie mich wie wichtig es sei einen Beruf zu wählen, der mir gefällt und noch viel wichtiger sei es zu wissen, was ich im Leben will, um dann eine erfolgreiche Zukunft aufbauen zu können.

Mit 13 Jahren, einer großen Portion Gelassenheit und meiner Kindergartenfreundin Bärbel, trat ich meinen ersten Sommerferienjob als „Mädchen für alles" in einem dörflichen Gasthof an. Das war eine gute Zeit. Unsere Aufgaben waren Zimmer putzen, Betten machen, Kuchen backen, Wäsche waschen, Balkonblumen gießen und auf die Tochter des Hauses aufpassen. Manchmal haben wir heimlich Süßigkeiten von den Gästen probiert und ihre Waschlappen benutzt, um Waschbecken nachzupolieren. Zwischendurch saßen wir in der Gästetoilette im Flur, um Zigaretten zu qualmen.

Im Zimmer des Kochs standen die Wasch- und Bügelmaschinen. Waren alle Tischdecken, verknoteten Küchenschürzen und Kochuniformen gewaschen und draußen im Freien sauber auf die Leine gehängt, schmökerten wir in den Frauenmagazinen des Kochs. Einmal wollte unsere Chefin wissen, wer von uns Mädchen das Bett eines Gastes so falsch bezogen hat, dass der die ganze Nacht wegen kalter Füße beziehungsweise zu kurzer

Bettdecke nicht schlafen konnte. Keiner von uns beiden konnte sich erinnern. Die Chefin hatte ein großes Herz und viel Geduld. Sie war selten von uns genervt, sondern meist fand sie uns, glaube ich, sogar amüsant. Unser Mittagessen durften wir uns täglich von der Speisekarte aussuchen.

Nach dem ersten Sommerferienjob im Gasthof arbeitete ich während der Schulzeit, einmal die Woche, als Aushilfsverkäuferin in einem noblen Modegeschäft. Mein sympathischer Chef stellte mir dafür teure Klamotten zur Verfügung. Auch noch, als mich ein paar gewitzte Mitschüler nach der Schule und fünf Minuten vor Arbeitsbeginn samt Arbeitskleidung in den See warfen. Triefend stand ich vor der Ladentüre. Mein Chef fand das zwar überhaupt nicht lustig, suchte mir aber trotzdem neue Anziehsachen raus und gab mir sogar feine Konditorplätzchen auf die Hand, die eigentlich nur für Kunden gedacht waren.
Ich arbeitete auch in einer Tablettenfabrik. Dort verringerte sich meine Narren- und Handlungsfreiheit drastisch. Es gab viele Regeln zu beachten. Dabei habe ich eine übersehen. Ich hatte großen Durst und musste unbedingt etwas trinken, holte meine Wasserflasche aus der Tasche und nahm ein paar Schlucke. Meine einzige Kollegin im Raum rannte ohne Vorwarnung zeternd zu ihrer Chefin

und beschwerte sich über meine Tat. Denn in einem Raum, wo Tabletten abgepackt werden, ist es strengstens verboten zu trinken. Ich wurde sofort in die Strafabteilung verlegt, wo ich tagelang Beipackzettel faltete.

Die Frage „Was will ich werden?" stellte sich äußerst brennend kurz vor dem Abitur. Bis dahin hatte ich noch ein paar Ferienjobs gemacht, habe Post zugestellt, beim Kinderreiten geholfen und viele Babies beaufsichtigt. Als Abiturientin allerdings sollte ich Ahnung von richtigen Berufen haben und mir vor allem den richtigen aussuchen, um einer glänzenden Zukunft entgegen zu treten. Mein Opa Franz, ehemaliger Forstdirektor, half mir und begann abends in meinen Berufswahlbüchern zu schmökern. Physische Geographie, Biotechnologie und Forstwirtschaft kamen in die engere Auswahl. Letztendlich machte der Studiengang Biotechnologie das Rennen.

Für mein Studium absolvierte ich einige Praktika in Laboren und pharmazeutischen Unternehmen, was sehr interessant war, meine allgemeine Neugier aber nicht befriedigte. Ich wollte noch mehr von der Berufswelt sehen und probierte aus.

Da ich seit Kindesbeinen Ski fahre, meldete ich mich für ein soziales Projekt. So brachte ich Kindern, betrunkenen

Holländern und ehemaligen Knastinsassen, die inzwischen frei auf Bewährung waren, Skifahren im Allgäu bei.

Als der Frühling kam, arbeitete ich in einer städtischen Fabrik und leimte Holzstücke zusammen. Bis ich wegen einer Überdosis Leimdunst vor Lachen nicht mehr arbeiten konnte und vom Abteilungsleiter nach Hause geschickt wurde.

Ich arbeitete auch als Servicefrau in einem Altstadthotel und wurde nach ein paar Wochen zur Managerin des Ladens erkoren, weil der türkische Besitzer meine Qualitäten erkannte, die er billig bezahlte. Er setze sich für ein paar Monate nach Hause in die Türkei ab. Allerdings vergaß er dort mein Gehalt zu überweisen. Dafür konnte ich mit seinen Freunden und Familienangehörigen in Deutschland Bekanntschaft schließen. Sie kamen täglich vorbei, um sich in dem kleinen Hotel zu treffen. Sie saßen stundenlang im Eingangsbereich bei Tee, Kaffee und türkischem Essen zusammen.

Meine Neugierde schickte mich weiter. So besuchte ich Schauspiel-, Moderations- und Rhetorik Kurse. Ich schaffte es sogar zu ein paar Fernsehcastings. Leider verschlug es mir ausgerechnet dabei die Sprache, woraufhin ich einige Statistenrollen bekam und schweigend durch diverse Filmszenen stapfte. Und weil im

Rampenlicht stehen so verführerisch ist, strampelte ich eine Weile für einen Sportgeräte Anbieter im luftig knappen Fahrraddress auf Fitnessmessen.

Ein weiteres Jöbchen, das fast vier Monate dauerte, erledigte ich für eine schlagende, reiche Studentenverbindung. Im schwarzen Minirock und in weißer Bluse köchelte ich für sie jeden Freitag Feuerzangenbowle. Als ich mal wieder in den Keller ging, um einen Eimer mit neuer Bowle aufzufüllen, fand ich einen nackten Studenten auf dem Boden, unter dem Solarium liegend. Der Hausmeister der Studentenverbindung war auch ihm Raum. Er war solch einen Anblick anscheinend gewöhnt, denn er schenkte dem Nackten keinerlei Beachtung, sondern sortierte konzentriert ein paar Verlängerungskabel. Da der Student friedlich schlief und in seinen Träumen vor sich hin grinste, kümmerte auch ich mich um meine Arbeit, füllte den Bowle Topf nach und verschwand wieder nach oben zur Party.
Je mehr Rum ich über den Zuckerhut des Bowle Topfs schüttete und anzündete, desto schneller waren die Gäste betrunken. Sehr interessant zu beobachten. Die Krawatten der Studenten wurden immer lockerer, die Hemden hingen knittrig aus den Hosen und die anfangs noch gekonnt feine

Wortwahl endete bei den meisten in spuckfeuchter Stammelei. Die Stimmen manch' eleganter Frauen wurden im Laufe des Abends von zurückhaltend elegant zu laut und schrill. Zudem lösten sich ihre perfekten Frisuren nach und nach auf und die Augenschminke verselbständigte sich unschön. Meist kam kurz nach Mitternacht die Polizei zum ersten Mal wegen Ruhestörung vorbei.

Dann, nach fünf Jahren Studium und diversen Nebenjobs hatte ich meinen Uniabschluss in der Tasche: Bachelor of Science. Jetzt war es an der Zeit in die normale Arbeitswelt einzutreten.

Leider fand ich keine geeignete Stelle.

So bewarb ich mich als Praktikantin bei einer Fernsehproduktionsfirma, die flexible, stressresistente und reisefreudige Mitarbeiter suchte. Mit kleinem Verdienst wurde ich von TV-Billigproduktionen für Reisereportagen in verschiedene Teile der Welt geschickt. Ich begab mich auf die Jagd nach sensationellen Geschichten. Das war echtes Abenteuer, spannend, vielseitig, beeindruckend und lehrreich. Die Ausfallrate der überdrehten und überarbeiteten Praktikanten war groß. Ich habe aber durchgehalten, bis ich wegen Geldknappheit meine Wohnungsmiete nicht mehr bezahlen konnte und wegen Schlaf- und Vitaminmangel vom Arzt für zwei Monate in

Zwangsurlaub geschickt wurde. Aufkommende Langeweile und finanzielle Engpässe löste ich mit dem Verkauf großer Teile meines Hausstands und aufgemotzter Sperrmüllteile auf dem Flohmarkt.

Eine Berufsnische, in der ich mir vorstellen konnte zu bleiben, habe ich allerdings nicht gefunden. Das liegt bestimmt daran, dass ich noch nicht meinem Traumjob oder meiner Berufung begegnet bin. „Hast du das mal gefunden, geht alles leicht", steht in einem Berufsratgeber. Ich will dem Bestsellerbuch Glauben schenken und inhaliere die Ratschläge des Autors. Demnach muss ich nur die tiefliegenden Ursachen finden, die mir immer wieder Misserfolge bescheren, und meine inneren Hindernisse aus dem Weg räumen, damit der Traumjob kommen kann.

Ich bin mir fast sicher, dass der Zieleinlauf ins Glück erst nach bestandener Geschicklichkeitsralley mit spezieller Ausdauerprüfung erfolgen kann. Die Aufgabenstellung lautet ähnlich wie in dem Vorschulübungsbuch meiner Nichten: „Suchen, Erkennen, Rätseln".

Die Zeit einen passenden Job zu finden und Karriere zu machen, wird allmählich knapp. Mit 34 Jahren sollte ich schon einige Stufen oben sein, auf der Karriereleiter.

Schließlich gilt es dann noch das Thema Mann, Kinder, Familie, Haus und eventuell Hunde- oder Pferdehaltung erfolgreich anzugehen, bevor es zu spät ist.

Um nicht noch mehr Zeit zu vergeuden, wende ich mich an einen Berufungscoach. Wie das Wort bereits sagt, geht es nicht um Beruf, sondern um Berufung beziehungsweise um innere Bestimmung und darum meine Lebensaufgabe zu erkennen.

Schon nach kurzer Zeit hält der Berufungscoach des Rätsels Lösung in der Hand, meinen Lebenslauf. Er meint: „Ihr Lebenslauf ist einfach zu bunt und zu durcheinander. Bei ihnen fehlt der rote Faden. Was wollen sie denn eigentlich im Leben?"

Da ist sie wieder die altbekannte „Wohin und was will ich?" Frage. Nur leider habe ich immer noch keine Antwort darauf. Auch der Coach ist der Meinung, dass ich für beruflichen Erfolg dringend wissen muss, was ich will und wohin ich im Leben will. Also werde ich mich, diesmal zusammen mit ihm, weiter mit dem Berufsthema auseinandersetzen und auf dem Weg des Suchens bleiben, in der Hoffnung Antworten zu finden, wenigstens eine.

Schließlich weiß der Mann Bescheid und hat mir einiges voraus. Er weiß, was er will und er hat einen Job, der ihn erfüllt. Er sieht es als seine Berufung Leuten wie mir zu helfen ihre Berufsmisere und ihr chronisches Nichtwissen aufzulösen.

Also feile ich mit ihm wochenlang an Lebensläufen und Bewerbungsschreiben, um mich bei Arbeitgebern besser und effizienter anzupreisen. Denn, ich brauche einen Job und das schnell. Meine finanzielle Lage wird zunehmend brenzlig.

Eine innere, skeptische Stimme meldet sich zu Wort: „Einen passenden Job finden oder gar einen Traumjob? Das kann ich mir nicht vorstellen. So was gibt's nicht." Wie das Wort Traumjob schon sagt, es ist kein wirklicher Job, sondern eben der Traum von einem Job. Und wie jeder weiß, sind Träume nicht die Realität. Und außerdem ist da auch noch die viel diskutierte, immer wieder kehrende Wirtschaftskrise. Kein guter Zeitpunkt, um nach einem Traumjob zu suchen. Eher ein sehr guter Zeitpunkt, um das Wort Traumjob endgültig aus meinem Wortschatz zu streichen.

Trotzdem will ich noch nicht aufgeben.

„Wieso nicht auch in schlechten Zeiten mein Glück finden?", überlege ich. Es muss ja nicht der Traumjob schlechthin sein, aber doch zumindest eine Arbeit, die meine Bedürfnisse von Abenteuer, Sicherheit und Persönlichkeitsentwicklung erfüllt und ebenso Freude,

Freunde und Beziehungsglück bringt. Außerdem soll Arbeit sozialen Erfolg bescheren mit viel Anerkennung und Respekt sowie ein gut gefülltes Konto.

Arbeit ist alles. Arbeit ist Sucht. Arbeit ist Bestätigung. Sie gibt Sinn und Halt.

Um nicht nur meinem Kopfkino, sondern auch der Realität gerecht zu werden, versuche ich diese Arbeitsvorstellungen über Bord zu werfen und meine Anforderungen zu reduzieren. Das heißt, ich übe mich darin einen normalen Job anzunehmen und suche nicht wieder nach dem Ausgefallenen und Besonderen und bin zufrieden damit. Ich arbeite einfach, um einen Job zu haben, um Essen, Wohnung und Urlaub finanzieren zu können.

Der Berufungscoach hat Recht. Ich muss kleinere Brötchen backen und meine Ansprüche herunterschrauben. Mit einer klaren, aussagekräftigen Stärke-Schwäche-Analyse soll ich mir überlegen, was ich tatsächlich kann, brauche und anbieten will. Dann steht dem Arbeitsglück vielleicht nicht mehr nichts, aber doch wesentlich weniger als sonst im Weg. Ich muss lediglich normal werden und arbeiten wie jeder andere Mensch halt auch.

Das versuche ich nun schon seit einem Jahr. Ich schreibe Bewerbungen auf normale Job Anzeigen und Stellenangebote. Sei es nun als Kolonnenleitung von Raumkosmetikerinnen oder als Bachelor of Science.

Es klappt jedoch nichts. Ich renne in der Gegend herum, bewerbe mich hier und dort, mache mir viele Gedanken und fühle mich als die größte Versagerin auf Erden, aber nichts passiert. Kein Job in Sicht. Keine Veränderungen. „Durchhalten. Nicht aufgeben. Weitermachen." Mit solchen Parolen versuche ich mich zu motivieren.

„Nicht aufgeben. Weitermachen", das sagt sich vielleicht auch der Kellner des asiatischen Schnellimbisses, wo ich immer noch sitze. Er ist vom Putzmann und Kellner zum Koch geworden. Nachdem er Tische und Boden gewischt hat und ich ihn an meine Bestellung erinnerte, ist er in der Küche verschwunden. Vor einer gefühlten Ewigkeit.
Mein Magen grummelt, meine Laune auch.
Aus der Küche kommt allmählich Essensgeruch, also wird es wohl nicht mehr lange dauern, bis mein Gericht fertig ist. Ich beuge mich nach vorne, etwas über meinen Tisch und sehe einen Teil der Küche. Der Koch steht am Herd. Er wischt sich mit seinem Ärmel den Schweiß von der Stirn während er sein Gesicht über den dampfenden Wok Topf hält.
Obwohl ich es heute vermeiden wollte, jetzt bin ich doch frustriert. Ich habe Hunger, der Koch brutzelt unappetitlich Essen und ich bin immer noch arbeitslos.

Zu meinem großen Ärger traue ich mir nicht mehr viel zu, auch nicht zum Koch zu gehen, um ihm zu sagen, dass ich auf der Stelle etwas zu Essen haben will, einen sauberen Tisch und eine höfliche, zuvorkommende Kundenbetreuung.

Am besten ich stehe auf, verlasse demonstrativ beleidigt diesen Laden, wechsle in ein gemütliches Café und bestelle mir dort einen Riesenbecher heiße Schokolade mit Sahne.

Einfach so gehen, das macht man aber nicht.

Kapitel 2

„Was willst du denn mal werden?"

Ich zucke zusammen. Schon wieder diese Frage, dabei gilt sie dieses Mal nicht mir, sondern dem Nachbarskind unter meinem Balkon.

Das Mädchen, die sechsjährige Nina, sitzt im rosa Skianzug bei Frühlingssonnenschein auf der Terrasse ihrer Eltern und rührt geschäftig in einem blauen Plastikbecher. Durch meine Balkonritzen spähe ich nach unten auf die Terrasse meiner Vermieter und versuche zu erkennen, was Nina in ihrem Becher gesammelt hat. Es sieht aus wie trübes Pfützenwasser mit altem Gras und getrocknetem Kleingetier, das den Winter nicht überlebt hat.

Neben Nina steht ein Mann auf der Terrasse. Er ist es, der diese blöde Frage gestellt hat, und das am Sonntag.

Die Frage ist mir so unangenehm, als wäre sie mir höchstpersönlich selbst gestellt worden.

Es fällt mir schwer mich auf die Stellenzeigen in meiner Zeitung zu konzentrieren. Eigentlich studiere ich die Angebote eh' nur, um mein Gewissen zu beruhigen. Eine geeignete Stelle habe ich in der Zeitung bisher noch nie gefunden.

Trotz Sonnenschein ist es noch kalt. So liege ich eingewickelt in Decke und Mantel gemütlich im Liegestuhl auf meinem Balkon. Nur dieser Mann dort unten auf der Terrasse stört mich. Neugierig und gespannt auf die Antwort des Mädchens werden meine Ohren immer größer. Ich lausche.

Nina schenkt dem Fragenden kaum Beachtung. Sie sieht kurz und abwesend in seine Richtung und rührt weiter in ihrem Becher. Der Mann, anscheinend ein Freund der Familie, lässt nicht locker. Er macht dem Mädchen berufliche Vorschläge: „Willst du vielleicht Krankenschwester werden oder eventuell sogar Baggerfahrerin?" Er wartet nicht bis Nina antwortet, sondern fügt direkt hinzu: „Je früher du weißt, was du willst, desto besser."

Das ist der Moment, in dem ich ihm am liebsten einen Eimer Wasser über den Kopf geschüttet hätte.

„Was sind die Leute immerzu so besserwisserisch und setzen andere unter Druck mit ihren Lebensfragen und Weisheiten?", frage ich mich. Und viel mehr noch: „Warum lasse ich mich von anderen Menschen und deren Fragen überhaupt beeindrucken?"

Um mich abzulenken, widme ich mich wieder meiner Zeitung. Da steht zum Beispiel, dass jemand gesucht wird zur Gebäudebewachung bei einem amerikanischen

Unternehmen und dass eine Film- und TV-Firma Leute sucht für Drehbuchrecherchen zum Thema „Das Universum in mir".

Ich lese noch, dass der ortsansässige Bäcker eine Teilzeitverkäuferin sucht, dann höre ich wie Nina mit dem Sonntagsbesuch ihrer Eltern spricht.

Sie sagt: „Du kannst dich in mein Hexenhaus setzen. Ich komme dann", dabei deutet sie kurz zu den drei Stühlen im Garten, über die sie ein altes, löchriges Laken gespannt hat. Der Mann betrachtet das wackelige Konstrukt und braucht nicht lange, um sich zu entscheiden. „Ich geh' wieder rein zu deinen Eltern. Es ist so kalt hier draußen." Der Mann verschwindet im Haus.

Ich denke mir: „Gut gemacht. Schlaue, kleine Nina." Gerne wäre ich ebenso unbekümmert wie eine Sechsjährige, was meine berufliche Zukunft betrifft.

In meinem Wohnzimmer klingelt das Telefon. Ich schäle mich so schnell ich kann aus meiner Decke und stolpere durch die offene Balkontüre in die Wohnung.

Ich kann das Telefon nicht finden. Zwar gibt es dumpfe Töne von sich, aber es ist nicht zu sehen. „Wo ist es, das Ding?"

Ich suche unter dem Sofa, auf dem Sofa unter einer Decke, in einer Schublade und dann sehe ich den Topf.

„Ah, da." Das Telefon liegt unter einem umgestülpten Kochtopf, den ich für meine Nichten zum Topf schlagen unter der Eckbank versteckt und vergessen habe.

Ich krieche unter die Eckbank und drücke die grüne Taste. „Hallo, Hallo", tönt es aus der Leitung. Es ist Petra, eine Sport Freundin. Sie will zum Laufen in den Stadtpark gehen.

Ich bin zwar keine begeisterte Joggerin, aber heute würde ich für ein, zwei Stunden zum Kalorienverbrennen mitkommen, denn am Nachmittag gibt es Kuchen und Kaffee bei meiner Großtante Erika.

Also ziehe ich meinen dicken, blauen Jogginganzug an. Er hat weiße Streifen an den Seiten, ist aus Vlies Stoff, bequem, ausgebeult und schnell elektrisch aufgeladen.

Ein paar Minuten später schwinge ich mich auf den Sattel meines Fahrrads. Es ist auch blau und hat auch einige Jahre auf dem Buckel. Modetechnisch bin ich bestimmt nicht die Interessierteste, aber das stört mich inzwischen kaum noch. Manchmal versuche ich mich neuen, modischen Trends anzupassen. Das klappt dann so gut, dass manche Leute bei meinem Anblick entweder erschrocken die Augen aufreißen oder sich schmunzelnd nach mir umdrehen. Letztens hat mich ein junger Kerl angesprochen, als wir nebeneinander an der Ampel standen, um auf grünes Licht zu warten. Er wollte wissen, ob er meine Wollmütze kaufen könne. Die Mütze war ein altes, beige-grünes, grobmaschiges Strickwerk mit riesigem Bommel auf dem Kopf und einem bekannten Designerlabel auf der Stirnseite. Kathrin aus Los Angeles hat sie mir geschenkt, als sie von ihrem Deutschlandurlaub wieder nach Hause flog und für das warme Accessoire keine Verwendung mehr hatte. Fünfzig Euro zahlte der junge Mann mir für die Mütze, gleich in bar an der Ampel.

Insgesamt hat der Inhalt meines Kleiderschranks Flohmarktqualitäten und ein paar Teile bewegen sich, wie die Bommelmütze, im Kultbereich. Ganz im Gegensatz zu meiner Freundin Petra, die auch beim Sport immer modische, etwas nach Plastik riechende Kleidung trägt. Ich hoffe, dass sie heute keine Beziehungsprobleme wälzen will, denn das will sie meistens, wenn sie sonntags anruft, um gemeinsam zum Laufen zu gehen.

Petra hat vielleicht Beziehungs-, aber dafür keine Berufsfindungsprobleme. Sie arbeitet seit drei Jahren als Flugbegleiterin und liebt ihren Job. Sie hat zwar schon die dritte Notlandung hinter sich, weshalb sie derzeit in psychologischer Behandlung ist, aber das lässt sie nicht an ihrem Beruf zweifeln. Dagegen ist sie sich äußerst uneinig mit ihrem Freund Sascha. Der ärgert sie und bringt sie mit seiner Art regelmäßig auf die Palme und somit gezwungenermaßen in die Arme anderer Männer. Das wiederum lässt sie sehr an ihrer Beziehung zweifeln. Und genau um dieses Thema geht es bei unserem Lauftreff dann doch.

Am Anfang höre ich noch aufmerksam zu, um vielleicht gute Tipps geben zu können, aber dann lässt mich Petras Redefluss gedanklich verstummen. Er ist nicht zu stoppen, ebenso wenig ihr Lauftempo.

Ich versuche mitzuhalten, während Petra die alte Leier von Beziehungsdramen rauf und runter erzählt, so wie ich es sonst von meiner ebenso dramatischen Berufssuche mache.

Auf einmal bleibt Petra stehen und meint: „Ich kann dir die Nummer gleich heute noch geben."

„Welche Nummer?", presse ich zwischen schnellen Atemzügen hervor und versuche den Moment des kurzen Stillstands zum Verschnaufen zu nutzen.

„Du hörst mir überhaupt nicht zu", meint Petra und wiederholt: „Die Nummer von meinem Psychotherapeuten."

„Was soll ich damit?", frage ich sie und versuche wieder in Denkmodus zu kommen.

„Na, vielleicht kann dir mein Psychotherapeut weiterhelfen mit deinen beruflichen Schwierigkeiten."

Meine beruflichen Schwierigkeiten. Ach, ja. Fast hätte ich sie vor lauter Rennen für eine Weile vergessen. Spätestens morgen, am Montag, werden sie mich wieder einholen.

„Vielleicht kann mir dieser Psychologe, auf den Petra so schwört, tatsächlich weiter helfen?"

Schließlich arbeitet Petra trotz der ganzen Notlandungen immer noch als Flugbegleiterin. Demnach kann ihr psychologischer Berater nicht so schlecht sein.

Nach 75 Minuten Laufen und dem Kaffee- und Kuchen Kränzchen mit Großtante Erika ist es wieder viel zu schnell Sonntagabend geworden und eine neue Woche steht bevor.

Ich steige in die Badewanne mit Meeressalz und lege eine Schokoladen Gesichtsmaske auf. Rechtzeitig zum Sonntagabend Krimi sitze ich gepflegt und gut riechend auf der Couch. In dem Film geht es um eine, unter Mordverdacht stehende, afrikanische Asylantin. Auf dem Rücken ihrer knallroten Jacke steht in weißen Buchstaben „Paradise". Woraufhin der amtierende Kommissar meint: „Na, die hat sich das Paradies bestimmt auch anders vorgestellt."

Ich finde mir geht es ähnlich wie der afrikanischen Asylantin, denn ich habe mir das Paradies, das Jobparadies, auch ganz anders vorgestellt. Ich dachte die Dinge ergeben sich irgendwie leichter und einfacher. Anstatt dessen ist es ein einziges Gezerre, Geschiebe, nachfragen, nachhaken, bewerben und wieder bewerben.

Dabei habe ich meistens das Gefühl mich für etwas zu bewerben, was ich eh' nicht machen will oder was nicht zu mir passt, aber irgendwas muss ich ja machen, egal, ob es nun Spaß macht oder nicht. Ich muss nehmen, was kommt und was angeboten wird. Die Träumereien vom Traumjob verbanne ich auf die Sitze in der letzten Reihe meines Kopfkinos.

Es geht nicht mehr um die Frage „Was will ich?", sondern „Welcher Arbeitgeber will mich überhaupt?"

Kapitel 3

Ich rufe bei Petras Psychologen an. Karl Morak hat kurzfristig noch einen Termin für mich frei. Einer seiner Patienten hat abgesagt.

Bereits am Nachmittag sitze ich in einem Sessel, halb hinter einem Zitronenbäumchen und halb vor einem schnauzbärtigen Psychologen mit gerade gezogenem Seitenscheitel.

Mit lässig übereinander geschlagenen Beinen, beschuht mit Indianer Mokassins, und seine Arme rechts und links über die Sessellehnen gebreitet, führt Herr Morak ein Probegespräch mit mir. Er sieht streng und etwas humorlos aus. Irgendwie unspektakulär. Ich habe mir den Psychologen von Petra anders vorgestellt - spektakulärer, durchtrainierter und charmanter.

Bisher ist ihm kein Lachen oder auch nur ein Lächeln über die Lippen gekommen. Vielleicht liegt das aber auch an mir und meinen langweiligen Problemen.

Ich erzähle über meine Versuche berufliche Veränderungen herbeizuführen und eine passende Berufsnische zu finden. Er befragt mich viel zu meiner Vergangenheit und Schulzeit. Nach einer Stunde, psychotherapeutisch angeleuchtet und vage einsortiert, lautet seine Diagnose: „Wenn sie nicht einsehen, dass sie da ganz schön was mit sich herumschleppen, was sie daran hindert Arbeit zu finden, dann brauchen wir gar nicht erst weiter zu machen."

Karl Morak schlägt vor mittels Gesprächstherapie erst mal für zwei Jahre an meinen Themen zu arbeiten, bis sie sich dann auflösen.

„So lange. Bis dahin bin ich pleite", denke ich und mache einen nächsten Termin mit Karl aus. Absagen kann ich immer noch.

Ich verabschiede mich und gehe durch die Praxistüre hinaus ins Treppenhaus. Ich will schnell zum Ausgang und renne die Treppen hinunter. Auf dem Weg nach unten übersehe ich eine Stufe, stolpere und fliege ein paar Treppenstufen hinunter. Dabei kommt mir eine ältere Dame in die Quere. Zusammen stürzen wir und landen unterhalb des Treppenabsatzes, auf weiß-braun gesprenkeltem Marmorboden. Ich bin recht schnell wieder auf den Füßen, während die Dame neben mir liegen bleibt. Sie sieht aus, als würde sie schlafen mit ihren gefalteten Händen auf der Brust. Vorsichtig knie ich mich neben sie. Die Frau bewegt sich nicht. Ich nehme ihren Hut mit schwarz-beige farbigem Tigermuster, der beim Sturz auf den Boden fiel, und setzte ihn wieder auf ihren Kopf.

„Einen Notarzt. Den muss ich jetzt anrufen." In meiner Tasche krame ich nach meinem Handy.

Gerade als ich die Notfall Nummer wählen will, höre ich jemanden auf leisen Sohlen, schnell die Treppe runter kommen. Ich sehe die Indianerschuhe vom Psychologen. Fast lautlos huscht er mit seinen Mokassins auf die Dame und mich zu.

„Wie haben sie das denn gemacht?", fragt er mich.

Er kniet sich auch neben die Frau auf den Boden und dreht sie mit dem Gesicht zu sich. Über die Frau gebeugt schreit er: „Mutter. Mutter", und patscht laut mit der Hand auf ihre Wangen. Seine Mutter bewegt sich. Sie macht die Augen auf. Plötzlich holt sie aus und haut ihrem Sohn ihre Tasche über seinen gerade gezogenen Seitenscheitel. Die gegelten, blond gefärbten Strähnen fallen wild durcheinander.

„Fass' mich nicht an, du Spinner", kreischt die Dame. Aufgebracht packt sie mich am Arm. Sie richtet ihren Oberkörper auf und will, dass ich sie hochziehe.

Mit meiner und der Hilfe ihres Sohnes steht die Frau nach ein paar Minuten wieder auf den Beinen, wenn auch wackelig. Sie hält sich am Treppengeländer fest, rückt ihren Hut zurecht und schiebt ihre Handtasche in die linke Ellenbeuge.

Ich will mich bei ihr entschuldigen und fange an mit:

„Kann ich …?", weiter komme ich nicht, denn die Dame holt tief Luft und schreit zweimal laut nach Hilfe. Dann herrscht Stille. Wir lauschen. Nichts passiert im Haus. Keine Türe geht auf. Niemand beschwert sich wegen Ruhestörung oder ist gar besorgt. Diplom Psychologe Karl Morak erwacht aus seiner kurzen Starre und zerrt seine widerspenstige Mutter zum Aufzug. Sie sträubt sich und will nicht in den Aufzug. Er versucht sie reinzuschieben. Sie entwischt, kommt aber nicht weit, weil er sie sofort einholt. Morak stellt sich vor sie und versucht seine Mutter mit Worten zu überzeugen mit ihm zu kommen. Er fragt sie warum sie ihn überhaupt besuchen wolle und ob die Leute vom Pflegeheim Bescheid wüssten, dass sie hier sei? Ich will erneut meine Hilfe anbieten und folge dem Mann und seiner Mutter ein paar Schritte zum Aufzug. Herr Morak schaut nur kurz zu mir und meint: "Gehen sie mit Gott, aber gehen sie. Wir kommen zurecht."

Dieser Aufforderung komme ich gerne nach und mache mich mit meinem Fahrrad aus dem Staub. Ich habe noch eine Verabredung mit meiner Freundin Ilka.
Auf dem Weg dorthin fällt mir die Geschichte von Ilkas Schwiegermutter Hertha ein. Diese hat nach langem Zögern endlich einen Psychologen aufgesucht wegen ihrer Schlafstörungen. Der Psychologe saß auf einem Stuhl hinter einem großen, braunen Schreibtisch und fragte sie nach ihren Problemen und einer genauen Beschreibung

davon. Dann ließ er die Schwiegermutter berichten.

Während des Monologs schlief er ein und wachte auch nicht wieder auf, als die erstaunte Hertha aufstand, sich ihre Tasche umhängte und nach Hause ging.

Sie findet: „Psychologen haben es auch nicht leicht."

Da hat sie wohl Recht.

Nach einer halben Stunde Radfahren stehe ich vor Ilkas Haustüre und drücke die Klingel. Es ist niemand Zuhause. Für diesen Fall habe ich einen eigenen Hausschlüssel bekommen.

In der Toilette befindet sich stets ein Stapel neuerer Zeitschriften. Beim Herumblättern finde ich das Zitat eines stadtbekannten Künstlers, der von sich und der Menschheit behauptet: „Der größte Glücksfall ist es normal zu sein." Seitdem er sich diesem Glück durch regelmäßige Nacktyoga Übungen nähert, geht es anscheinend mit seiner Karriere wieder bergauf.

„Nacktyoga. Das hab' ich noch nicht ausprobiert", fällt mir auf. Sehr viel weiter komme ich nicht mit meinen Gedanken, denn draußen höre ich alarmierendes Kindergeschrei. Ich sause zur Haustüre und schwinge sie auf. Vor mir schleift Ilkas ältester Sohn, sechs Jahre alt, ein verbeultes Fahrrad hinter sich her, über den Rasen. Er sieht mich und bricht in Tränen aus. Schluchzenderweise bringt er ein paar Worte hervor: „Wir haben den Hausschlüssel verloren und die Mama sucht uns, weil wir davongelaufen sind." Der jüngste, drei Jahre alt, weint noch lauter. Er hat ein aufgeschlagenes Knie. Seinem roten, schmutz- und tränenverschmierten Gesicht nach zu urteilen, ist er schon länger verzweifelt. Das mittlere Kind hingegen steht abwesend im Garten herum und bohrt in der Nase. Ganz auf sich und seine Suche fixiert.

Mir scheint ganz normal sind wir alle nicht, ob groß oder klein.

Vielleicht kann ich ja einfach so bleiben wie ich bin und muss nicht wissen, was ich will im Berufsleben oder im Leben allgemein.

Vielleicht ist es auch ganz normal nichts zu wissen, keine Antworten zu haben, auch, wenn ich mich damit unsicher, unproduktiv, erfolglos und doof fühle.

Kapitel 4

Die Film- und TV-Firma „Abgedreht" sucht Freiberufler
für die Drehbuch Recherchen ihres neuen Filmprojekts. Es
heißt „Das Universum in mir".

Mein Bewerbungsgespräch bei der Firma verläuft kurz und
knapp. Ich muss keinen Lebenslauf runter beten und mich
auch nicht besonders gewinnbringend anpreisen. Die Firma
braucht anscheinend dringend Leute.

Das Gehalt reicht für meine monatliche Miete und ich kann
die Arbeitsstunden frei einteilen.

Die Produktion braucht Informationsmaterial und
Eindrücke zu spirituellen, energetischen, esoterischen,
magischen Themen. Es macht nichts, wenn das nicht
Spezialgebiete von mir sind. Detlev, einer der
Verantwortlichen für die Drehbuchinhalte, meint:

„Hauptsache du gehst da hin, sammelst Informationen und
schreibst alles zusammen." Es zählt, dass ich nicht auf den
Kopf gefallen bin und beobachten kann.

So bin ich dieses Wochenende bei einem Workshop
angemeldet, der da heißt: „Erlebe dich im Spiegel der
Geburt".

Der Workshop findet in einer Gemeinschaftspraxis von
mehreren Therapeuten statt.

Der Kurs soll den Teilnehmern dazu verhelfen bestimmte wiederkehrende Alltagsprobleme durch die Fassade der eigenen Geburt zu betrachten, um daraus Rückschlüsse auf persönliche Lebenshaltungen oder -einstellungen zu ziehen.

Seit acht Uhr morgens ist eine Therapeutin mit ihren Patienten bei der Arbeit. Gerade ist wieder eine Geburt in Gange. Es ist die fünfte seit heute Morgen. Mittlerweile ist es fast Mittag.

Erst fand ich die Veranstaltung seltsam. Inzwischen habe ich mich daran gewöhnt.

In der Mitte einer fünfköpfigen Gruppe liegt ein Mann, dessen Geburt bevorsteht. Vor ihm kniet ein anderer Mann am Boden und formt mit seinen Knien eine Art Geburtskanal. Hinter dem zu gebärenden Kind sitzt eine Frau, die mit ihren Händen eine Fußstütze für das Kind macht, damit es sich bei der Geburt abstoßen kann, durch den Geburtskanal, ins Freie. Noch eine weitere Frau sitzt am Boden. Sie ist für heute die fürsorglich beobachtende Mutter des noch Ungeborenen. Sie erspürt wie schnell oder langsam der Vorgang stattfinden soll, zum Wohle des Kindes. Die Therapeutin hat den Gesamtüberblick und leitet das Geschehen an, damit sich der Zu Gebärende während des Geburtsvorgangs möglichst authentisch im Spiegel seiner Geburt erleben kann.

Ich sitze in einem Haufen bunter Samtkissen. Von dort habe ich eine gute Aussicht auf das Gruppengeschehen und mache mir Notizen.

Ein Mann steht kurz vor seiner Geburt. Diese Phase ist sehr interessant für ihn, denn da lassen sich besonders gut Muster erkennen, die sein Leben vielleicht schon seit langem erschweren. Er ruft zum Beispiel: „Ich war nie gewollt. Niemand wollte mich haben und das ist noch immer so. Meine Kollegen in der Arbeit machen mir das Leben schwer. Nie bin ich anerkannt und werde respektiert."

Seine Geburtshelfer warten aufmerksam und geduldig ab, bis er das durchlebt, was er zu durchleben hat und das erkennt, was für ihn wichtig sein könnte.

Ich wühle mich aus dem Kissenhaufen. Mein Magen knurrt. Direkt gegenüber der Praxis gibt es einen guten Sushi Laden.

Während die Gruppe ganz mit sich beschäftigt ist, gehe ich zum Fenster und sehe nach draußen. Der Sushi Laden hat auf. Ich beobachte wie Leute reingehen. Um die Ladenecke biegen drei Passanten mit vollen Einkaufstüten aus einem Supermarkt. Sie gehen eine kleine Anhöhe hinauf und bleiben schnaufend vor einer Haustüre stehen. Ich kann ihren Atem in der kalten Luft sehen. Der Mann sucht etwas in seiner Tasche, dann in Hose, Mantel und Tüten. Vielleicht die Hausschlüssel. Er geht zurück zu einem parkenden Wagen. Währenddessen bleiben seine zwei Begleiterinnen vor der Haustüre stehen. Eine der Frauen zieht ein rotes Kleid aus ihrer Tüte und hält es vor sich.

„Nie passt was. Wieso passiert das immer mir?", ruft eine Frauenstimme und bringt mich zurück zum Geburtsgeschehen. Neben mir bildet sich eine neue Therapiegruppe. Heute stehen noch weitere Geburten an, aber ich verabschiede mich, denn ich habe genug Notizen gemacht und mir eine Pause verdient, finde ich.

Ich sehe mich in den Praxisräumen um auf der Suche nach dem Ausgang. Dabei bleibt mein Blick an einem weinroten, breiten Samtvorhang hängen. Daneben ist ein Schild an der Wand. Ich gehe hin und lese. Es ist ein Kursprogramm. Demnach findet jetzt hinter dem Vorhang ein Kurs statt, der sich „Schamanische Heilrituale" nennt. Ich beschließe, dass der Sushi Laden warten kann und schiebe den schweren Vorhangstoff ein Stück zur Seite. Eine Türe kommt zum Vorschein. Unter dem Türspalt zieht Rauch in meine Nase. Es riecht nach Räucherstäbchen. Hinter der Türe höre ich Stimmen. Leise öffne ich die Türe und husche gebückt in den kleinen Raum. Dort stelle ich mich an die Wand.

In dem Raum gibt es nur ein Fenster. Es ist winzig und gekippt. So findet zumindest ein kleiner Luftaustausch statt. Als sich meine Augen an das schummrige Licht gewöhnt haben, erkenne ich, dass der Raum ausgestattet ist wie ein Indianerzelt. Von den Wänden verlaufen breite Stoffbahnen steil nach oben zur Mitte der Zimmerdecke, wo eine kleine, lichtschwache Lampe hängt. In der Mitte des Tipis steht eine Feuerschale aus der Rauch emporsteigt. Es riecht ähnlich wie bei mir Zuhause, wenn ich nach dem Putzen Räucherstäbchen anzünde. Nur viel intensiver und mit wesentlich mehr Rauchproduktion.

Vor der Feuerschale steht eine Frau, die sich mit den Händen den Rauch ins Gesicht fächert. Wahrscheinlich die Chefin der Zeremonie, eine Schamanin. Sie atmet tief ein und aus. Mit ihr sind vier Leute im Raum. Die Schamanin dreht sich zu einer etwa 50 jährigen Frau. Ich verstehe, dass es um Platzängste geht. Die Patientin kann wegen ihren Ängsten nicht mit der U-Bahn fahren und auch keine Aufzüge benutzen. Ihr wird das Gerenne in den sechsten Stock zu ihrer Wohnung zu anstrengend, weshalb sie bei der Schamanin nach Hilfe sucht. Ein Mann beginnt auf einer Trommel zu spielen. Mit indianischem Lagerfeuer-

Trommel-Rhythmus und den qualmenden Kräuterbüscheln aus der Feuerschale stimmt sich die Schamanin auf ihre Patientin ein. Nach einer Weile sagt sie: „Die Ursache für deine Platzangst liegt wahrscheinlich bei der Geburt in einem früheren Leben von dir. Du bist damals durch deine Nabelschnur erstickt. Wir können diese Situation nachstellen, um dich davon zu befreien", sagt sie. Sie erklärt ihrer Patientin wie das funktioniert.

Dann stellt die Schamanin den ehemaligen Erstickungstod nach. Sie zieht ein Tuch, enger und noch enger, um den Hals ihrer Patientin. Diese soll erst den Finger heben, wenn der Atem wirklich knapp wird. Die behandelte Frau hält erstaunlich lange durch, bis sie ihren Finger hebt, um wieder nach dicker Luft schnappen zu können. Der Vorgang wird noch ein-, zweimal wiederholt, bis die Schamanin ihre Patientin erfolgreich von dem Geschehen des früheren Lebens befreit sieht. Die Frau hat ein paar rote Striemen am Hals und sieht sehr erleichtert aus.

Etwas später lasse ich mich auch von der Schamanin behandeln. Auf einem Nilpferd, das wir als mein Krafttier entdeckt haben, mache ich eine imaginäre Reise über Gebirgsketten in ein Tal, wo der passende Job auf mich wartet. Zu guter Letzt bekomme ich einen positiven, heilenden Glaubenssatz mit auf meinen weiteren Lebensweg: „Was passt, wird auf mich zukommen." Fragt sich nur ob die Geisterwelt und ich einer Meinung sind, was passend für mich ist und was nicht?

Mittlerweile ist es Nachmittag geworden. Mein Hunger meldet sich wieder. Also gehe ich zurück in die hellen, großen Praxisräume, um mir endlich Mittagessen aus dem Sushi Laden zu holen. Auf dem Weg Richtung Praxisausgang komme ich an einem Zimmer vorbei, das aussieht wie ein Wartezimmer. Drei Frauen sitzen darin. Meine Neugier bremst mich wieder. Ich bleibe an der Türe stehen, um zu sehen, was die Frauen da machen. Sie unterhalten sich über ein Engelbuch. Es geht darum wie sehr sie an Engel glauben und wie viel Hoffnung und Mut sie daraus schöpfen. Das Buch ist für sie Bestätigung, dass sie mit ihrem Glauben richtig liegen.
Eine der Frauen liest ein paar Zeilen aus dem Buch vor. Sie hält es so nah vor ihr Gesicht, dass ich nur die schwarzen Locken, der Frau sehe, die das Buch umrahmen. Sie hat einen guten Friseur fällt mir auf.
Ich setzte mich zu den Frauen.
In dem Buch werden verschiedene Engelsorten beschrieben.

Sie sind allesamt Helfer in der Not und in verzwickten Lebenslagen. Zusätzlich haben die Engel Spezialisierungen vorzuweisen. Der Autor des Engelbuchs beschreibt zum Beispiel den Engel der Harmonie und den der Freiheit, den Engel der Treue, einen Engel für Gemeinschaft, für Leidenschaft und für Geduld. Dann höre ich noch von dem Engel des Trostes, des Verstehens, des Risikos und Aufbruchs.

Ich wusste bisher nicht, dass es so viele verschiedene Engel und Engelsberufe gibt.

Vielleicht ist da auch was für mich dabei?

Kapitel 5

Kaum zu glauben, ich habe eine interessante Stellenbeschreibung gefunden. Im Internet. Sie lautet: „Machen Sie bei uns eine Ausbildung zum zertifizierten Job Coach. Bei Eignung haben Sie beste Chancen auf Anstellung in unserem Institut für Arbeitsvermittlung. Es erwartet Sie eine verantwortungsvolle und sinnvolle Aufgabe."

Ich habe sogar die Wahl. Für die Ausbildung kann ich entweder ein sechswöchiges Kompaktseminar auf einer Insel in Indonesien machen oder über ein halbes Jahr verteilt Wochenendkurse in München besuchen. Da muss ich nicht lange überlegen. Das ist die Chance eine abenteuerliche Weiterbildung zu machen mit anschließender Möglichkeit auf Anstellung.

Die verlangten Erfahrungen aus verschiedenen Berufsbranchen bringe ich mit und die nötigen psychologisch pädagogischen Kenntnisse und Techniken, um Menschen zu begleiten, die nach Arbeit, Beruf, Berufung oder Traumjob suchen, werden mir auf der Insel beigebracht.

Einer der Ausbildungsorte ist deshalb eine Insel und deshalb nicht in Deutschland, weil es bei dem Lehrgang darum geht ausgetretene Pfade zu verlassen, um auf unkonventionelle Art und Weise eigene Visionen zu entdecken und zu verwirklichen.

Auf der Insel sollen die Teilnehmer unter ungewöhnlichen Umständen ungewöhnliche Erfahrungen machen und dadurch ungewöhnliche und erfolgreiche Job Coachs werden.

Vor vier, fünf Jahren entwickelte sich bei Rainer, meinem zukünftigen Ausbilder und Chef des Instituts für Arbeitsvermittlung, die Vision eine Job Coach Fortbildung in Indonesien anzubieten. Er hat es geschafft seine Idee in die Tat umzusetzen. Die Anregungen zu seiner Vision bekam er, wie könnte es anders sein, während eines Indonesienaufenthalts.

Dieser Mann ist genau der richtige Lehrer für mich.

Mit viel Enthusiasmus und Vorfreude schreibe ich meine Packliste für die Reise. Ich habe die große Hoffnung zwei Fliegen mit einer Klappe zu erwischen. Zum einen wird mir die Zeit auf der Insel persönliche Entwicklung und Einsichten bringen und zum anderen einen Job. „Besser geht's gar nicht", finde ich. Dafür lohnt es sich die letzten Euros zusammen zu kratzen, denn danach kommt der Erfolg in Form eines regelmäßigen Einkommens durch einen verantwortungs- und sinnvollen Job.

Aufgeregt sitze ich mit den anderen Teilnehmern des Inselprojekts im Flugzeug. Unsere Gruppe besteht aus den zwei Coachs, Rainer und Sandy, und uns elf Lehrlingen, den Coachees.

Während unserer zweitägigen Anreise, wechseln wir von Flugzeug zu Flugzeug, zum Taxi, dann zum Bus und wieder zum Flugzeug. Im letzten Flieger steckt im Zeitschriften Netz meines Vordersitzes ein Gebetsblatt im Falle eines Absturzes. Von meiner Angst abzustürzen und dem servierten Essen wird mir schlecht. Meine indonesische Sitznachbarin will daraufhin meine restliche Mahlzeit haben. Als Dankeschön erzählt sie mir gestenreich eine lange Geschichte, die ich nicht verstehe. Zum einen, weil ich kein Indonesisch kann und zum anderen, weil sie mit vollem Mund versucht gleichzeitig zu kauen und zu sprechen.

Nach dem letzten Flug geht es noch einmal mit dem Taxi weiter und dann per Boot zur Insel. Gegen drei Uhr morgens erreicht unsere Gruppe tatsächlich das Ufer der Insel. Mit Rucksäcken und Koffern waten wir im Dunkeln über Wurzeln und Gestein durch einen Wasserweg im Mangroven Wald. Dahinter befindet sich unser Ziel.

Es ist ein Resort mit zehn Hütten auf Stelzen.

Auf uns warten sieben Einheimische, die wie wir versuchen ihre müden Augen offen zu halten. Sie sitzen auf Holzstühlen, die im Sand stehen. Zwei Frauen springen auf und verschwinden in ein kleines Häuschen. Ein paar Minuten später bringen sie uns Ananas mit warmen Pfannkuchen und Tee. Wir setzen uns mit dem Chef des Camps auf die umstehenden Stühle. Er ist ein braunhäutiger, schwarzhaariger, muskelbepackter, einheimischer Mann namens Astahn. Er hält eine kurze Willkommensrede im Namen der ganzen Insel. Danach trinkt er Tee mit uns und stellt ein paar Fragen zu unserer Anreise.

Die Zuteilung der Hütten überlässt er uns. Trotz Müdigkeit versuchen wir möglichst diplomatisch zu klären, wer will mit wem und mit wem nicht in einer Hütte wohnen? Das klappt nicht, also rennen einfach alle auf die Hütten los und suchen sich einen Schlafplatz.

Die Hütten sind aus Holz, haben ausklappbare Fensterläden, eine kleine Veranda und Moskitonetze über den Betten. Zum Duschen gibt es Wasserbottiche, in denen kleine Kellen zum Wasserschöpfen schwimmen.

Trinkwasser fürs Zähne putzen bekommen wir aus der Mini-Bar des Resorts. Die Bar besteht aus einem alten Kühlschrank, der im Sand steht und seinen Strom anscheinend von einer entfernten Quelle bezieht. Jedenfalls schlängelt sich das Kabel durch den Sand, bis es in Richtung Urwald in der Dämmerung verschwindet.

Ein paar Stunden später stehen wir um neun Uhr auf, bekommen Frühstück mit Ananas und Pfannkuchen und haben bis Mittag Zeit die Gegend zu erkunden.

Nachmittags beginnt der Coaching Kurs.

Im Resort arbeiten vier Frauen und drei Männer. Sie leben hier mit ihren kleinen Kindern in zwei Häuschen. Sie kümmern sich um unser Essen und Trinken, das sie einmal pro Woche auf dem Festland besorgen. Unser Speiseplan beinhaltet, laut der beiden Küchendamen, Reis, Gemüse, Fisch, Papaya und Ananas mit Pfannkuchen.

Die drei Männer des Camps lieben anscheinend Musik. Schon zum Frühstück spielten sie Gitarre, klatschten und sangen für uns.

Zum Inselresort gehört eine Großfamilie von braunschwarz gefleckten Hunden mit großen Gebissen. Sie begleiten uns sogar zum Dorfplatz im Inneren der Insel.

Dort stehen ein paar Büdchen aus Bambusholz und Palmenblättern. Verkauft werden unter anderem kleine, süße Bananen, Zahnpasta, Bleistifte und verklebte, bunte Süßigkeiten.

Bevor wir von unserem Inselcamp zum Meer kommen, geht es durch ein kurzes Stück Mangroven Wald, den wir schon nachts bei unserer Ankunft durchquerten. Allerdings habe ich da noch nicht die riesigen Echsen entdeckt, die auf Baumstämmen hocken und auf fette Beute warten. Bei

Tageslicht ist der Mangrovenwald mit seinen dicken Waranen sehr unheimlich. Es dauert, bis ich mich an den Viechern vorbei zum Meer traue. Und dann sehe ich das Meerwasser hellblau in der Sonne glitzern. Manche Abschnitte sind auch tiefgrün, türkis oder dunkelblau. Der Himmel ist wolkenlos. Die Sonne scheint grell und heiß. Im Wasser schwimmen bunte Fische, Wasserschlangen und Seesterne.

Früher gab es hier viele Korallenbänke. Sie sind mittlerweile jedoch durch anlegende Fischerboote der Einheimischen und Touristen zerstört worden.

Ich habe ein schlechtes Gewissen, dass ich als Europäerin hierher komme, um nach Lösungen für mein Berufsleben zu suchen. Gleichzeitig bin ich fasziniert von dieser anderen Welt, in der ich wegen einer Weiterbildung gelandet bin.

Am Nachmittag beginnt der Unterricht unter einem Bambusdachgestell, das auf vier Pfeilern steht, die etwas schief im Sand stecken. Die Wände bestehen aus hüfthohen, geflochtenen Bambusmatten. Das ist unser Seminarraum und zugleich Essens- und Aufenthaltsraum. Die schriftliche Prüfung am Ende der Ausbildung wird per Videofilm für die deutsche Zertifizierungsstelle dokumentiert.

Bis es allerdings soweit ist, steht uns Teilnehmern noch einiges bevor: Unterricht in Betriebswirtschaftslehre, Arbeits- und Sozialrecht, Psychologie, Grundsatzanalysen der Coaching Lehre, Selbstreflexion und Reflexion von Gruppendynamiken.

Beim Lernthema Selbstreflexion komme ich nach Ausdrucksmalerei und Mind Mapping zu dem Ergebnis, dass Managerin eines Nationalparks in Afrika ein Traumberuf von mir wäre oder auch Betreiberin einer Pferdepension in Norwegen. Die erste Wahl erinnert mich an meinen Kindheitstraum als Tierärztin in der afrikanischen Wildnis die Verletzungen des heldenhaften Kinderserien-Löwen namens Kimba zu verarzten. Und der norwegische Berufstraum erinnert mich an meine Vorliebe für Pferde- und Mädchenabenteuer, die auch aus Kindheitstagen, Fernsehen und Büchern stammen. Als ich dann noch weitere Traumjobs entdecke wie Schlittenhunde Trainerin in Russland und Luftballon Verkäuferin in Hongkong merke ich endgültig, dass meine Phantasie außer Rand und Band gerät.

Rainer ist beeindruckt von meiner Kreativität, lässt sich nicht beirren und fordert mich auf weiter zu forschen.

Letztendlich fasst er zusammen und sagt: „Es ist wichtig deine Vielseitigkeit im Beruf zu leben. Alles darf sein. Du musst auf nichts verzichten."

Das hört sich gut an. Ich kann mir lediglich nicht vorstellen, dass es so einen Job gibt.

Nach weiteren Wochen des Coachings will ich mutig sein und das Märchen vom Traumjob endgültig entzaubern: „Ihr Pessimisten und Optimisten, ich glaube euch nicht mehr. Die einen sagen, es gibt keinen Traumjob, ich muss nehmen, was kommt, soll froh sein überhaupt einen Job zu bekommen, soll mich nicht nach den eigenen Bedürfnissen richten, sondern nach der Arbeitsmarktlage. Und die anderen erzählen die wunderschöne Erfolgsgeschichte vom Traumjob, den es nur gilt zu erkennen, zu finden und umzusetzen, denn Arbeit darf, soll und muss Spaß machen."

Die Suche nach dem Traumjob tatsächlich zu beenden, bedeutet ein normales Leben zu leben, mit geregelten Arbeitszeiten, keine Abenteuer mehr, kein Kribbeln, keine Katastrophen, keine ungewöhnlichen Geschichten und Erfahrungen.

Dabei sieht es manchmal so einfach aus, das Finden vom Traumjob. Zum Beispiel in den Medien, dort holt der Zufall die Leute von der Straße, bringt sie groß ins Geschäft und nach vielen Stolpersteinen oder auch gar keinen blüht der Erfolg und die Anerkennung. Die Glücklichen haben erst mal eine Nische vor den Gefahren und Ungemütlichkeiten des Alltags gefunden, nämlich genug Geld und Anerkennung. So berichten sie begeistert von ihrem Lebensglück und ratschlagen, dass sich niemand entmutigen lassen soll und lediglich genug Ausdauer braucht, denn das Job Glück gibt es wahrlich, mit oder ohne Wirtschaftskrise.

Unser Lehrer Rainer sieht das ähnlich: „Ihr müsst daran glauben. Glaubt an euch, dann klappt es auch mit dem Job. Macht das, was ihr liebt, dann werden wunderbare Dinge geschehn."

Eine Teilnehmerin aus dem Kurs arbeitet an ihrer mangelnden Selbstliebe. Bei ihr geht es um die Auflösung ihrer Berufsblockaden durch das Erreichen reiner Selbstliebe. Manchmal sehe ich sie im Palmenwald stehen. Die Frau stützt sich mit ihren Händen gegen einen Baumstamm. Mit ihren Armen macht sie rhythmische Wipp Bewegungen vor und zurück, während sie dem Holz in ausgeprägtem Dialekt zu ruft: „Isch liebe misch. Isch liebe misch. Isch liebe misch."

Kapitel 6

Wieder Zuhause in Deutschland halte ich den Beweis meiner erfolgreichen Reise in der Hand. Heute Morgen fand ich im Postkasten das Zeugnis, das mich zum Job Coach ernennt, unterschrieben und gestempelt. Der einzige Haken an der Sache ist, dass ich leider nicht wie geplant im Institut für Arbeitsvermittlung anfangen kann zu arbeiten, denn dort ist während der indonesischen Fortbildung ein Stockwerk völlig ausgebrannt.

Bis auf unbestimmte Zeit läuft deshalb der Institutsbetrieb auf Sparflamme. Die Hälfte der Mitarbeiter darf zu Hause bleiben und ich werde nicht als Coach eingestellt.

Ich erinnere mich, dass auf dem Nachhauseweg vom indonesischen Inselcamp im Flugzeug ein Buch auf meinem Nebensitz lag. Es hatte einen bunten Umschlag und sah interessant aus. Der Buchbesitzer war auf der Toilette und kam länger nicht. Ich war gelangweilt von der langen Fliegerei. Etwas kleines Verbotenes zu machen, schien verführerisch unterhaltsam. So schnappte ich mir das Buch und schlug eine Seite auf. Es war ein Buch mit Anleitungen für mehr Glückseligkeit im Leben. Gleich im ersten Absatz stand ein beruhigender Hinweis für Dürrezeiten: „Wenn du nicht weißt, wohin du gehen sollst, werden dich alle Wege führen. Du musst nur vertrauen und auf dein Inneres hören…"

Ich blätterte noch weiter in dem Buch bis mein Sitznachbar zurückkam. Er stand neben mir, sah mich etwas schräg an und wollte wissen, was er mir zu Trinken besorgen dürfe, damit ich sein Buch noch gemütlicher lesen kann. Er meinte das tatsächlich ernst.

Ich entschied mich für Gin Tonic.

Da sitze ich nun Zuhause auf der Couch mit meinem Zeugnis in der Hand und ein paar Buchzeilen im Kopf und beschließe, dass ich mich führen lassen werde. So einfach ist das. Wer oder was mich da führen wird, dass weiß ich zwar nicht, aber ich lasse mich gerne überraschen. Laut dem Flugzeugbuch ist es eine geheimnisvolle Kraft, die uns Menschen im Leben am Laufen hält und, wenn wir genau hinspüren und –hören uns auch eine Richtung vorgibt.

Von Vorteil ist, dass durch die Reise meine Abenteuerlust erst mal gesättigt ist. So steht dem Finden und Annehmen eines geregelten Jobs so wenig im Weg wie selten zuvor. Auch, wenn meine berufliche Entwicklung vielleicht nicht den gängigen Normen entspricht. Jetzt kommt es darauf an das Übliche zu tun. Das, was in der Phase der Stellensucherei eben ansteht: zum x-ten Mal in Zeitungen,

Zeitschriften und im Internet nach Jobangeboten suchen, Bewerbungen schreiben, verschicken, abändern, erneut woanders hin schicken, gut gemeinte Ratschläge verwirklichen sowie Gespräche führen mit Personalmanagern und Nachbarn, die Superjobs haben.

„Schade eigentlich, dass ich nicht so eine Person bin, die seit ihrem fünften Lebensjahr weiß, dass sie Medizin studieren und Ärztin werden will."
Das denke ich mir, als ich im Wartezimmer meines Hausarztes sitze. Das Zimmer ist voll mit Patienten. Ich höre, dass an der Rezeption ständig neue Terminanfragen per Telefon reinkommen. Mein Hausarzt hat einen großen Kundenstamm und anscheinend mit seinem Medizinstudium genau das Richtige gemacht.
Es ist öde und überhaupt nicht aufheiternd mich mit den besseren Start- oder Karrieresituationen meiner Mitmenschen zu vergleichen. Ich will mich ablenken und sehe zum Fenster hinaus, ins sonnige Tageslicht.
Auf der Balkonterrasse des gegenüberliegenden Hauses steht ein alter Mann. Er ist braun gebrannt, hat außer einer weißen Unterhose nichts an und scheint sich vor jemandem zu verstecken. Der Mann lehnt hinter einem Kaminschacht.
Ein Junge, etwa zwei Jahre alt, kommt durch die Wohnungstüre auf die Terrasse getapst und sieht sich um.

Er sucht wahrscheinlich seinen Opa. Der Junge ist auch nackt, bis auf die Windel, die er trägt. Der Opa wartet bis sich der Junge dem Kaminschacht nähert und springt dann aus seinem Versteck hervor. Der Junge erschrickt, gerät auf seinen Beinchen ins Wackeln, sammelt sich wieder und läuft tollpatschig, lachend davon. Ich beneide die beiden um ihre selige Berufslosigkeit.

Im Wartezimmer betrachtet ein älteres Ehepaar gemeinsam eine Zeitschrift. Sie liegt auf den Knien der Frau. Ihr Mann deutet mit seinem Zeigefinger auf eine Stelle der Seite. „Da schau', da steht's", sagt er zu seiner Frau. „Du brauchst dich nicht immer so aufregen und hektisch werden. In der Ruhe liegt die Kraft. Das hab' ich dir schon immer gesagt, aber du glaubst mir ja nicht." Zur Unterstreichung seiner Aussage klopft er mit dem Zeigefinger ein paar Mal auf den Artikel.
In dem Moment huscht die Arzthelferin in ihren Gesundheitsschuhen herbei, lehnt sich kurz gegen den Türpfosten des Wartezimmers, wirft einen Blick in die Patientenrunde und ruft: „Das Ehepaar Müller bitte."
Das Ehepaar springt hoch. Die Zeitschrift fällt zu Boden. Herr Müller hebt sie auf und legt sie auf seinen leeren Stuhl. Die Seite, die er gerade seiner Frau hingehalten hat, lässt er aufgeschlagen. Als die beiden aus dem

Wartezimmer sind, schnappe ich mir das Heftchen. Darin wird eine Eigenschaft beschrieben, die auch mir nützlich sein könnte. Es geht um aktive Passivität. Ich verstehe die Beschreibung der Worte so, dass ich abwarten soll, gleichzeitig aber nicht nur auf Wunder hoffen, sondern in gewisser und auf ganz spezielle Weise sinnvoll aktiv sein muss, um berufliche Erfolgserlebnisse anzulocken. Demnach ist Erfolg abhängig vom jeweiligen Menschentyp und seinen Handlungsweisen. Das ist mir nicht neu. Wären da bloß nicht diese unterschiedlichen Systemteile, die ausgerechnet in schwierigen Situationen nie einer Meinung sind, sondern gegeneinander antreten und an meinem Nerven zerren. Da gibt es einerseits die Wettkampfschwimmerin, die in Bestzeit rasant auf ihr bekanntes Ziel zu steuert und andererseits gibt es die Plantscherin, die sich treiben lässt und abwartet, was des Weges kommt. Die eine rät: „Lass dir Zeit. Keine Sorge. Das Gute kommt auf dich zu und das mit Leichtigkeit", die andere ist äußerst ungeduldig und meint: „Los, schneller, nicht einschlafen. Streng dich an. Du hast keine Zeit. Mach' was. Das Leben ist kein Wunschkonzert."
Diese beiden ungleichen Typen ziehen und zerren seit eh und je an mir herum, bis sich letztendlich die nackte Angst, überhaupt keinen Job zu finden, zwei Meter hoch, mit geschwellter Brust dramatisch vor mir auftürmt.

Die nackte Angst klemmt meinen Kopf unter ihre muffigen Achseln und tanzt ihre Runden mit mir im Schwitzkasten. Zusammen sind wir in vollem Schwung. Noch eine Umdrehung, wieder eine und noch eine. Einmal linksherum, einmal rechtsherum, dann das Ganze wieder von vorne. Mir wird schwindelig. Neben der nackten Angst dreht die Wettkampfschwimmerin ihre Runden im überschwappenden Zirkusbecken. Sie krault mit der Zeit um die Wette. Währenddessen kauert die Plantscherin lässig im Schwimmring mit einem kalten Bier in der Hand und lässt sich von den Wettkampfwellen zufrieden hin und her schaukeln.

Ich werde aus meinen Träumen gerissen. Von der Arzthelferin. Sie ruft wieder die Patienten zur Behandlung. Diesmal bin ich dran. Ich springe ebenso schnell auf die Füße wie es vor mir das Ehepaar Müller tat und folge der Frau ins Arztzimmer. Dort fällt mir wieder ein, weshalb ich her gekommen bin. Ich brauche etwas gegen meine Nervosität.

Der Arzt überlegt nicht lange. Er verschreibt mir ein homöopathisches Mittel und kann sich nicht verkneifen mir noch einen persönlichen Rat zu geben, den er mir schon ein paar Mal nahegelegt hat. „Es wird endlich Zeit, dass sie zur Ruhe kommen. Haben sie immer noch diese komischen Jobs, wo sie nie wissen wie's nächste Woche weiter geht?"

Dieses Nichtwissen wie es weiter geht, ist wahrlich eine unangenehme und oft schwer auszuhaltende Sache. Ich würde die Last gerne loswerden und arbeite daran, bisher nicht besonders erfolgreich, aber das ändert sich hoffentlich noch. Zuversicht und positives Denken, auch, wenn ich es schon nicht mehr hören kann, sind wichtig, um im Alltag nicht abzusaufen.

Auf dem Weg zur Apotheke sehe ich einen Bekannten auf mich zukommen. Er ist noch etwa 100 Meter entfernt. Es ist Erik. Ausgerechnet der. Bevor ich sein Gesicht sehe, erkenne ich ihn bereits an seinen O-Beinen und dem speziellen Wiegegang. So geht er seit unserer gemeinsamen Grundschulzeit. Er war schon immer zielstrebig, Klassenbester und nervig. Reflexartig will ich mich umdrehen und abhaun. Zu spät. Er hat mich auch erkannt und winkt. Erik und ich laufen uns eigentlich nur selten über den Weg. Er arbeitet hauptsächlich in Japan für IT Firmen im Sicherheitstechnologie Bereich. Ich habe ihn schon ein, zwei Jahre nicht mehr gesehen. Bestimmt fragt er mich gleich, ob und was ich für einen Job habe.

Erik steuert auf mich zu. Ich hätte die Möglichkeit noch einen Schlenker zu machen und mit kurzem, höflichen Winken in der Eisdiele rechts von mir zu verschwinden. Aber, er ist schnell. Schon steht er vor mir und stellt seine prall gefüllten Einkaufstüten neben seinen Füßen ab. Anscheinend hat er vor sich länger mit mir zu unterhalten. Nach kurzen Begrüßungsfloskeln findet er ohne Umschweife direkt den passenden Einstieg in ein interessantes Gespräch.

„Hast' jetzt einen Job?", will er wissen.

Am liebsten würde ich ihm gegen sein dürres Schienbein treten. Anstatt dessen bemühe ich mich freundlich lächelnd eine einigermaßen positive, entspannte Außenwirkung zu erzeugen. Das klappt für ein paar Sekunden. Dann schreie ich ihn fast an: „Nein, ich habe keinen Job. Ich weiß auch nicht woher ich ihn nehmen soll. Lass' mich gefälligst in Ruhe." Das war unprofessionell und überhaupt nicht positiv oder gar nett von mir. Deshalb, und weil ich einfach nicht mit Erik sprechen will, mache ich auf meinen Absätzen kehrt, lasse ihn mit seinen Tüten stehen und stampfe in eine Richtung, in die ich gar nicht wollte.

Erik ruft mir noch hinterher: „Ich ruf' dich an."

Um wenigstens nachträglich einen besseren Eindruck zu hinterlassen, halte ich inne, drehe mich kurz um und winke aus sicherer Entfernung. Dann fahre ich ohne Apothekenbesuch nach Hause.

Am liebsten würde ich überhaupt nicht mehr aus dem Haus gehen, auf keine Feier oder sonstige Geselligkeiten. Immer die gleichen Fragen, entweder nach Job, Beziehung oder Kinder. Als ob man sich nicht über andere Dinge unterhalten könnte. Ständig werde ich nach Leistungen gefragt, die ich nicht so locker und leicht zustande bringe wie anscheinend meine Mitmenschen.

Dieses Durchhalten und Hoffen, dass alles gut wird, dass ich schon noch erfolgreich sein werde, quetscht mich wie ein Nussknacker seine Nuss. Wenn mich nicht alles täuscht, macht es demnächst Knack, Knack und ich bin eine zerbröselte Nuss. Der Knacker bekommt Verstärkung durch Botschaften, die ich im Laufe meines Lebens eingesammelt habe und die sich immer dann mitteilen, wenn ich eh' schon schlechte Laune habe.

Die Botschaften sagen mir dann, dass ich ein Opfer der Umstände bin, mein Außen die Macht hat, ich ein kleines Würstchen bin und eh' nichts ändern kann und außerdem ist sowieso unwichtig, was ich will.

Dann stehe ich in einer Sackgasse und sehe keine Möglichkeiten die Dinge in meinem Leben positiv zu verändern. Dem folgt zu allem Übel meistens die eigene

Verurteilung für Schwächen und Versagen. Die eigenen Schuldzuweisungen ins Gebüsch zu werfen, sie zum Klo runterzuspülen oder sie einfach irgendwie aus dem Leben zu schieben, ist gar nicht so einfach. Bis es zur Schuldablade Erlaubnis kommt, braucht es vorher anscheinend eine ausgetüftelte und anhaltende Misserfolgszeit.

In meiner Wohnung angekommen, bin ich nun vollkommen sicher. Ich brauche keine Medikamente, sondern einfach einen Job. Ergeben rufe ich bei einer Zeitarbeitsfirma an. Die Vorstellung als Schreibkraft zu arbeiten und acht Stunden am Tag, beziehungsweise 40 Stunden die Woche vorm Computer zu sitzen, finde ich zwar schrecklich, aber ich will endlich einen flotten Lebenswandel aufs Parkett legen und wenn das nur mit so einem Job geht, dann bitteschön. Bei der Zeitarbeitsfirma geht niemand ans Telefon. Wahrscheinlich haben die Mitarbeiter gerade Mittagspause.

Mein Telefon klingelt. Es ist Rainer, mein Coach vom indonesischen Inselcamp. Er hat allen Ernstes einen Job für mich. Was bin ich für ein Glückskind.

Kapitel 7

Das ist mein neuer Arbeitsplatz, ein Institut für Job Coaching und Arbeitsvermittlung, eine Werkstatt zur beruflichen Ideen- und Visionsentwicklung.

Rainer ist jetzt mein neuer Chef.

Meine Aufgabe ist es monatlich eine Institutszeitschrift zu erstellen und ich soll mich um die Motivation der Mitarbeiter kümmern, denn die Laune im Institut ist zurzeit aufgrund ausbleibender Kundschaft angespannt. Wie ich genau die Mitarbeiter motivieren soll, ist noch unbekannt, aber Rainer glaubt daran, dass ich einen Weg finden werde. „Du darfst kreativ sein. Lass' dir etwas einfallen."

Einst kamen monatlich mehrere hundert Arbeitssuchende, um sich zu einem glücklicheren Arbeitsleben verhelfen zu lassen. Seit einem halben Jahr sieht die Lage anders aus. Bis dahin wurden die Kunden von staatlicher Seite zugewiesen, um durch Berufscoaching wieder zurück in den Arbeitsmarkt zu gelangen. Jedoch ist dieser Hauptauftraggeber abgesprungen. Die Chance, dass das Institut bestehen bleibt, steht auf wackeligen Beinen. Die Geschäftssituation kann sich noch positiv entwickeln, aber genauso im Sturzflug in die Insolvenz rauschen.

Hier gibt es viel zu tun. Das ist offensichtlich. Ich kremple die Ärmel hoch und mache mich ans Werk, erst mal innerlich, denn äußerlich will ich zuerst die neue Arbeitsumgebung erkunden und verstehen, damit ich als Neue nicht gleich wegen Überengagement bei meinen Kollegen abblitze.

Im Flur begegne ich einigen meiner neuen Kollegen und Kolleginnen. Ein paar von ihnen erkenne ich wieder von dem Gruppenfoto in Rainers Büro. Sie stapfen tatsächlich teilweise recht finster dreinschauend durch ihr dreistöckiges Arbeitsgebiet. Kein Wunder, ihnen könnte selbst bald Arbeitslosigkeit bevorstehen. Viele von ihnen haben das, was so mancher Personalchef einen abenteuerlichen Lebenslauf nennen würde. Da ist der ehemalige Edelautovermieter, die psychologische Astrologin, die Knasterfahrung, die Tänzerin und Choreografin, die systemische Familienaufstellerin, der Synchronautor und Kunstfachmann, der Drogen- und Alkoholentzug, die Volljuristin, der Lastwagenfahrer und Oktoberfestkellner. Die schrägen Persönlichkeiten unter ihnen sind eine Bereicherung und haben in diesem Institut ihre Nischen gefunden. Sie sind stolz darauf als Job Coachs zu arbeiten und Erwachsene sowie Jugendliche in Berufsdingen zu beraten und ihnen weiterzuhelfen.

Heute ist mein dritter Arbeitstag und ich habe noch keinen Schreibtisch. Den werde ich mir jetzt besorgen. Ebenso einen PC und ein Telefon. Dafür gehe ich in den dritten Stock zur Sekretärin des Instituts. Ich habe sie schon ein paar Mal gesehen, als ich Rainer besuchte.

Im Eingangsbereich des dritten Stocks sitzt ein Mann entspannt in seinem Ledersessel hinter dem Empfangstisch. Ihn habe ich bisher noch nicht kennengelernt. Er hat seine Arme hinter dem Kopf verschränkt und scheint auf Kundschaft zu warten.

Ich steuere auf ihn zu. Er betrachtet mich abschätzend und sagt: "Hier sind sie falsch. Die Anmeldung zur Arbeitsvermittlung ist unten im Erdgeschoß. Bei mir ist die Anmeldung für Geschäftsverkehr."

Ich möchte mich vorstellen und gerade als ich dem Mann meine Hand hinstrecken will, laufen ein paar seiner Kollegen vorbei. Er grüßt sie laut. Sie kommen herüber und stellen sich neben mich. Die Männer sind sofort in ein Gespräch über den gestrigen Abend verwickelt.

Anscheinend hatten sie eine gute Zeit zusammen. Für mich interessiert sich hier jedenfalls niemand, also gehe ich weiter Richtung Sekretariat. Aus einem der umliegenden Zimmertüren qualmt Zigarettenrauch. Etwas weiter den Gang hinunter klopfe ich an die Türe des Sekretariats. Ein Hund beginnt laut zu bellen. Ich mach die Türe einen Spalt auf. Rita, die Sekretärin schreit daraufhin von drinnen: „Nein. Nein. Nicht rein kommen." Die Türe wird zugeknallt. Ich höre wie ein Befehlsschwall über den Hund ergeht, der anscheinend nicht hören will. Nach Sitz-, Aus-, Platz Befehlen und Möbelrutschgeräuschen geht die Türe wieder auf. Als erstes springt mich Ritas Mund an. Er ist heute knallrot geschminkt und hat lilafarbige, nachgezogene Ränder.

Sie steht mit ihrem keuchenden, am Halsband zerrenden Hund im Türrahmen. „Du es ist gerade ganz schlecht. Ich hab' heute meinen Hund dabei und der fällt jeden an, der zu mir rein kommt. Such' dir doch hinten im Gemeinschaftsraum einen Tisch zum Arbeiten. Telefone stehen auch noch irgendwo. Schön, dass du da bist."
Die Türe geht erneut zu.

Ich marschiere in den Gemeinschaftsraum, der sieht gemütlich und warm aus mit seinen zwei orangerot gestrichenen Wänden. Dazu strahlt die Sonne durch die großen Fenster herein. Ich setze mich auf einen der herumstehenden Stühle. Laute Musik dringt aus einem der Nebenzimmer. Der Bass dröhnt. Ein Kaffeelöffel vibriert auf dem Tisch, an dem ich sitze. Der Löffel bewegt sich langsam vorwärts.

Plötzlich, die Musik ist aus. Ich höre laute Stimmen auf dem Gang. Zwei Polizisten in dunkelblauer Uniform kommen zu mir in den Gemeinschaftsraum. Hinter ihnen vier Angestellte des Instituts, vermute ich. Noch kenne ich nicht alle Mitarbeiter. Für eine allgemeine Vorstellung war bisher keine Zeit. Jedenfalls erkenne ich den Mann vom Empfang. Er begleitet den Polizisten, der auf mich zu kommt und mich fragt: „Wissen sie, wo der Chef sich aufhält?" Daraufhin sagt der Mann vom Empfang zu mir: „Ich hab' ihnen doch gesagt, dass sie hier falsch sind."
Ich sehe mich um. Da ist noch ein bekanntes Gesicht in der Gruppe. Es ist Georg. Er war auch im indonesischen Inselcamp. Er fragt mich, was ich hier mache und umarmt mich zur Begrüßung. Das fühlt sich gut an. So, als ob ich ein wenig zum Institut und seinen Mitarbeitern gehören würde.

Die Gruppe steht unschlüssig im Aufenthaltsraum. Es dauert nicht lange, dann kommt der Chef. Rainer sieht mitgenommen aus. Sein Gesicht ist angeschwollen. Entweder war er beim Zahnarzt oder in eine Schlägerei verwickelt. Er geht auf einen der Polizisten zu, lacht ihn an und haut ihm ungelenk freundlich auf die Schulter. Dann macht er eine einladende Geste und verschwindet mit den zwei Polizisten in seinem Büro.

Georg nimmt mich mit nach unten ins Erdgeschoß zur Kaffe Maschine. Bei einer Tasse Cappuccino erfahre ich, dass Rainer tatsächlich einen mehrstündigen Zahnarztbesuch hinter sich hat. Das hatte er bereits gestern angekündigt, damit seine Angestellten im Haus bescheid wissen, falls er nicht pünktlich zum Polizeitreffen kommt. Zugehört hat ihm wohl niemand, denn der Aufmarsch der Polizei verursachte sichtlich Aufregung bei den Coachs. Dabei wirken die meisten auf den ersten Blick so locker und abgebrüht.

„Irgendwie macht hier jeder, was er will, oder?", frage ich Georg.

Er erklärt mir, dass er schon viel erlebt hat, während seines mittlerweile vierwöchigen Praktikums im Institut. Er hat gelernt, dass großer Wert gelegt wird auf Selbständigkeit, Eigenverantwortung und gelebte Individualität im Team.

„Warum ist eigentlich die Polizei im Haus?", will ich wissen.

Georg ist sich nicht sicher. Er glaubt es geht um eine Auseinandersetzung mit einem ehemaligen Arbeitskollegen.

Ich finde dieses Institut interessant.

Georg zeigt mir die Küche und stellt dort unsere leeren Kaffee Tassen ab. In der Küche steht ein Mann mit einem

Hammer in der Hand. Er lehnt an der Wand und erzählt zwei Kolleginnen Geistergeschichten. Eine der Damen driftet ab und fragt mich: „Sag' mal, bist du eigentlich die Neue?"

„Ja", antworte ich, woraufhin sich die Frau von mir abwendet. Sie verdreht bedeutungsvoll ihre Augen in die Gruppenrunde und hört wieder den Geistergeschichten zu. Georg und ich verlassen die Küche. Auf dem Weg sagt er zu mir: „Die meinen der Chef hat dich vom Inselcamp mitgebracht."

„Das stimmt ja auch."

„Sie denken aber du bist wieder eine seiner neuen Beziehungen, die er hier unterbringen will."

Bis zum Nachmittag habe ich Schreibtisch, PC und Telefon aufgetrieben. Jetzt brauche ich noch eine Telefonliste und die Namen der Mitarbeiter. Ich gehe wieder zu Rita, der Sekretärin. Ich frage sie nach der Liste. "Die hat Max", sagt sie.

Ich gehe zu Max.

Der sagt: „Die hat Rita."

In dem Moment kommt Rainer mit einem Mann, den ich bisher noch nicht gesehen habe, über den Gang und winkt mich zu sich. Der Zustand von Rainers Gesicht hat sich in der Zwischenzeit etwas geändert. Seine linke Backe hängt

jetzt leicht nach unten anstatt prall abzustehen. Er stellt mir
den Mann an seiner Seite als seine rechte Hand vor in
Sachen Problembewältigung. Der Name des Mannes ist
Bernd. Er ist klein und drahtig. Er lächelt mich freundlich
an und schüttelt mir die Hand. Ihm stehen Schweißperlen
auf der Stirn.

„Ich schwitze vom Treppen laufen", sagt er.

Rainer fügt hinzu: „Das Aufzugsystem im Haus wird
gerade vom technischen Sicherheitsdienst geprüft."

Er schickt mich mit Bernd in den ersten Stock, um
herauszufinden wie die vor kurzem abgebrannten Räume
mit viel Erfindungsgeist gestaltet und mit wenig Aufwand
wieder eingerichtet werden können.

Bernd erzählt mir, dass vor allem viele, neue Tische
gebraucht werden. Die Tischplatten sind bestellt und die
eisernen Tischgestelle dazu wurden bereits geliefert. Sie
stehen aufgeschichtet im Keller und werden derzeit mit
Schleifmaschinen vom Rost befreit.

Die Zimmerlampen kommen aus Polen. Sie werden dort
zusammen gebaut, weil das billiger ist. Für die Wände
braucht es noch Bilder, für den Eingangsbereich eine
Theke, für den Seminarraum einen fünf mal zwei Meter
großen Tisch, dann noch Stühle, Regale, Grünzeug, ein
funktionierendes Netzwerk für mindestens sechzig
Computer, viele Telefone und einige Drucker.

Die Wiedereröffnung der ersten Etage ist in vier Wochen geplant. Geht nicht, gibt's nicht. Koste es, was es wolle, bloß kein Geld. Die Zeit drängt.

Ich erkenne, dass Bernds Schweißperlen auf der Stirn noch andere Gründe haben könnten, als nur das Treppen laufen.

Bernd muss zu einem Termin in den zweiten Stock. Dort wartet eine Frau, die eine Coaching Stunde bei ihm gebucht hat. In diesem Teil des Instituts war ich noch nicht. Ich folge Bernd dorthin. Er verschwindet in sein Beratungszimmer und ich sehe mich um. In der zweiten Etage findet eingeschränkter Unterrichtsbetrieb statt. Die Türen der Schulungsräume sind teilweise geschlossen. Ich höre mitunter die Stimmen der Lehrer. Hinter den Türen werden Bewerbungsgespräche geübt, Lebensläufe professionell verfasst und Coaching Stunden abgehalten. In dieser Etage geht es ruhiger und strukturierter zu. Die Leute arbeiten konzentriert, sitzen vor ihren PCs, recherchieren, drucken, kopieren Unterlagen oder treffen sich zum leisen Plausch in der Couchecke.

„Hier bist du." Georg kommt auf mich zu. Er hat einen blauen Arbeitsoverall an und ein paar Mundschutzmasken in der Hand.

„Wir werden im Keller gebraucht. Ein paar Kollegen wollen Pause machen. Wir sollen sie ablösen."

Ich folge Georg hinunter in den Keller.

Dort staubt und kracht es. Drei Männer mit Mundschutz schmirgeln mit Schleifmaschinen die gelieferten, eisernen, bereits rostbefallenen Tischgestelle ab. Zwei weitere Männer tragen die Gestelle weg und stapeln sie vorm Aufzug des Kellers, um sie dann hoch in den ersten Stock zu bringen, wenn der Aufzug repariert ist.

Georg geht zu einem der Schleifer. Der stoppt seine jaulende Maschine, unterhält sich kurz mit Georg, übergibt ihm das Arbeitsgerät und macht den beiden anderen Schleifern ein Zeichen für Pause in die Luft.

Eilig lässt die Truppe alles liegen und stehen. Weg sind sie.

"Wer waren die Leute?", frage ich Georg.

Namentlich kennt er nur einen der Männer. Von zweien weiß er, dass auch sie Job Coachs sind, die momentan in ihrem Beruf nicht arbeiten können und deshalb Renovierungsarbeiten für die ausgebrannten Räume im ersten Stock machen, so dass der Kundenservice möglichst schnell wieder reibungslos funktioniert.

Georg hält mir einen weißen Mundschutz hin und eine Schleifmaschine. „Komm', wir machen hier weiter", dabei deutet er auf einen Haufen rostiger Tischgestelle. Er gibt mir einen blauen Arbeitsmantel, den ich über mein rotes Kleid anziehen kann.

„Handschuhe findest du irgendwo dort hinten", sagt er und zeigt mit einer kurzen Kopfbewegung Richtung Bauschutt und Müllsäcke.

Ich mache mich daran ein Tischbein nach dem anderen abzuschleifen. Der Eisenstaub juckt schon nach ein paar Minuten in der Nase.

Die Arbeit im Institut macht mir Spaß, weil sie so abwechslungsreich ist.

Inhalte von gängigen Stellenausschreibungen, wie zum Beispiel: „Wir bieten Ihnen einen vielseitigen Arbeitsplatz und flache Hierarchien", treffen in diesem Haus wahrlich zu.

Nach elf Monaten Institutsleben treten jedoch die ersten Ermüdungserscheinungen auf. Vor lauter Chaos und Durcheinander komme ich kaum zu dem, was ich hier ursprünglich machen sollte. Die Mitarbeiter zu motivieren, stellt sich als fast unmöglich heraus, weil sie schon zu viel mitgemacht haben, um noch an Veränderungen zu glauben. Jedoch, die erstmalig produzierte, monatliche Institutszeitschrift erschien acht Wochen nach meinem Arbeitsbeginn, zwar mit viel Diskussionen und Auseinandersetzungen, aber sie erschien. Das war ein großer Erfolg für mich. Es folgte leider keine weitere Ausgabe wegen Kunden- und Geldmangel.

Nach eineinhalb Jahren Institutsarbeit spiele ich mit Fluchtgedanken. Es dauert dann noch mal ein halbes Jahr bis ich mir sage: „Ich will hier weg."
Das ist gar nicht so einfach, denn eine Sogwirkung hält mich an Ort und Stelle. Obwohl alles furchtbar chaotisch und unkoordiniert ist, jeder macht, was er will und nichts wirklich vorwärts geht, ist die Arbeit im Institut nicht nur schwierig, sondern auch sehr spannend. Solche Orte üben eine magische Anziehungskraft auf mich aus. Wo es leicht geht, ist es langweilig, da kann ich nichts lernen und fühle mich wie eine graue Maus. Da ist kein Mut, keine Stärke, keine Anstrengung gefragt. Der Beruf, das Leben, sie sollen extrem, außer- und ungewöhnlich sein.
Arbeitsleidenschaft bringt große Erfüllung. Sie ist ein großer Nährwert, der Suchtpotential hat. Sie bringt Befriedigung und Adrenalin. Sie hat die große Gabe andere Mangelzustände genial zu überdecken und macht somit die Job Welt sehr wahrscheinlich bedeutungsvoller als sie ist.

Ich erinnere mich zurück an die Anfangszeit im Institut. Es hat ein paar Wochen gedauert, bis mir Kollege Utz von hinten auf die Schulter haute und mich anerkennend

"Willkommen im Club" hieß. Auch die anderen Mitarbeiter wurden langsam aufgeschlossener, als sie erfuhren, dass ich nicht die neue Beziehung des Chefs bin. Sie haben mich aufgenommen in den Club des Wahnsinns, dem ich einerseits dringend entfliehen will und an dem ich andererseits hänge.

Die Entscheidung, was ich tun soll, „Dabei bleiben oder fliehen?", wird mir erschreckend leicht gemacht.

Das Institut meldet Insolvenz an.

Kapitel 8

Gestern sind wir in Bangkok angekommen.

Unsere zusammengewürfelte Gruppe besteht aus Sinn- und Antwortensucher von Österreich, der Schweiz und Deutschland. Zwei Wochen lang werden wir in einem thailändischen, abgelegenen, ehemaligen Waldkloster meditieren und, wenn alles gut geht, der Lösung diverser persönlicher Probleme und Problemchen näher kommen. Geführt und betreut werden wir von der buddhistischen Lehrerin Lana aus Hamburg, ihren zwei Assistentinnen, einem Koch und zwei Essensträgern. Jeder von uns hat einen eigenen Rucksack dabei. Ich darf außerdem Lanas sperrigen Campingstuhl tragen.

Lana ist um die 60 Jahre alt, hat bereits viele Male derartige Touren angeboten und fühlt sich in Thailand Zuhause.

Um das ehemalige Waldkloster zu erreichen, verteilt sich unsere Gruppe in zwei Boote. Ich sitze neben Einheimischen in einem Holzkahn mit Ferrari Motor. Der Kahn riecht, als ob er auch als Fischkutter benutzt wird. Heute jedenfalls werden darin Menschen von Haltestelle zu Haltestelle entlang des Flusses transportiert. Vor dem Einsteigen bekommt jeder Mitfahrer einen Motorradhelm auf den Kopf. Bei mir fehlt die Sichtklappe. Ich sehe mich um. Die Menschen hier lachen gern. Ein paar sehen mich auffallend schelmisch an. Das kommt mir seltsam vor. Es bleibt jedoch keine weitere Zeit zum Denken, denn die Fahrt geht los.

Der Kapitän wirft den ersten Motor an, der röhrt so laut wie ein Rennwagen. Die Bootspitze steigt 'gen Himmel. Der Mann saugt seine glimmende Zigarette im Mundwinkel fest und dreht die Benzinpumpe auf, damit der Motor noch mehr Gas gibt. Dann würgt er den ersten Motor ab. Warum er das macht, weiß ich nicht. Jedenfalls klatscht das Boot zurück auf das Flusswasser. Der Mann zieht und zerrt daraufhin an der Leine des zweiten Motors, der stotternd beginnt vor sich hin zu gurgeln, bis auch der Rennmotorengeräusche von sich gibt und das Boot wieder in Schussfahrt bringt. Ein paar Mitfahrer hangeln sich auf ihren Knien nach vorne, zum Bug, damit das Boot nicht erneut auf Wolkenkurs geht. Der Holzkahn prescht über den Flusslauf. Das Wasser spritzt mir ins Gesicht, schön in die Augen, so dass ich kaum etwas sehen kann. Jetzt weiß ich, warum mich die Ortskundigen so angrinsen.

Nach sechs Haltestellen und drei Stunden Bootsfahrt steigen wir aus. Auf wackeligen Beinen watschle ich hinter den anderen her. Über eine gut ausgebaute Straße, die sich durch roten Lehm- und Sandboden schlängelt, bewegt sich unsere Gruppe langsam vorwärts. Es ist heiß. Nach etwa einer halben Stunde erreichen wir ein kleines Dorf. Dort stehen Häuschen aus stabilem Holz- und Mauerwerk. Ein paar von ihnen thronen auf Holzpflöcken. Die Dächer sind aus fest geflochtenem Schilf- und Blättermaterial. In der Mitte des Dorfplatzes ragt ein Mast in die Luft. Er ist umrundet von den Hütten und Häusern des Dorfes. Der Mast sieht aus wie ein Maibaum, so wie ich ihn aus Bayern kenne. Blau weiße Farbe ringelt sich über den Holzstamm nach oben. Dort hängen schmiedeeiserne Symbole. Ein Pferd, eine Kuh, ein Fuchs und ein Hahn. Dazwischen verlaufen viele Kabel.

Zur Dorfmitte gehört auch eine Art Kramerladen. Er steht in unmittelbarer Nähe zum Maibaum. Vor dem Laden stehen Käfige mit Hühnern sowie ein Holzregal, gefüllt mit Chips Tüten, Reiskörnern und Teeblättern in Säckchen, englischen Gummibärchen und dänischen Keksen. Eine Frau und drei Kinder begutachten die Hühner. Daraufhin kommt eine Frau in grüner Wickelhose aus dem Laden und diskutiert ausgiebig mit der Kundschaft. Sie deutet auf dieses und jenes Huhn bis die Verkäuferin dann zwei Hühner zusammen packt und die Geldeinnahme in die Tasche ihrer grünen Wickelhose stopft. Die Kunden verschwinden und die Verkäuferin tritt schlürfend den Rückweg in ihren Laden an.

Ein paar Meter weiter, auf dem Boden, befindet sich die Gemüse- und Obstabteilung des Dorfes. Mitten in den ausgebreiteten Waren kauert eine alte Frau. Sie schläft. Ich lege ihr ein paar Münzen auf den Zahlteller und nehme mir eine Banane. In dem Moment biegt ein großer Mann um die Ecke mit einer Tüte Bonbons in der Hand. Zwei weiße Frauen und eine plappernde Kinderschar folgen ihm. Der Mann überlässt den Kindern die Bonbontüte mit der sie sich sofort aus dem Staub machen.

Ich höre wie der Mann sich mit den beiden Frauen in Englisch unterhält. Er arbeitet für die Erhaltung seines Dorfes und bringt regelmäßig Touristen hierher. Er erklärt den Frauen, dass er mit so manchem Besucher langwährende Freundschaften geschlossen hat. Teilweise schicken oder bringen sie Dinge vorbei, von denen sie wissen oder hoffen, dass sie für das Dorf hilfreich sein könnten. „Das da", dabei deutet er auf den Maibaum, „nutzen wir zum Beispiel als Strommasten."

Der Fremdenführer nimmt die zwei weißen Frauen und mich mit zum größten Haus des Dorfes. Es steht auf breiten Holzpfosten. Unten, am Boden liegt eine Gruppe Schweine im Schatten. An einem der Pfosten lehnt ein kleiner Mann. Er ist barfuss und trägt ein rosarotes, ausgewaschenes Sweatshirt. Es ist ihm viel zu groß und hängt bis zu seinen Knien runter. Die Sweatshirt Kapuze hat er über seinen Kopf ins Gesicht gezogen. Außer seiner Nasenspitze kann ich nichts erkennen. Auf dem Weg ins Haus erklärt mir der Touristenführer, dass der Kapuzenmann ein sehr angesehener Fallensteller im Dorf ist und, dass er blind ist. „Er findet für uns das Gute im Wald und lernt unseren Kindern wie man auf die Jagd geht."

Über eine schmale Leiter steigen wir nach oben in das Haus. Es dient als Treffpunkt des Dorfes und ist auch eine Art Dorfkirche. Dort oben, in einem großen, verdunkelten Raum, kauern zwei faltige Männer am Boden. Sie lächeln uns an mit ein paar wenigen, braunen Zähnen im Mund. Der Raum ist komplett mit Bastmatten ausgelegt.

Wir werden an ihnen vorbei geleitet in den hinteren Teil des Hauses. Dort befindet sich eine Küche mit Kochstelle am Boden. Die Verkäuferin mit der grünen Wickelhose von vorhin entpuppt sich als die weise Frau des Dorfes. Sie leistet den Bewohnern seelisch geistigen Beistand.

„Alle paar Wochen kommen buddhistische Mönche zu uns und wollen, dass unsere weise Frau ihre Naturreligion aufgibt und sich dem Buddhismus anschließt", erklärt der Touristenführer.

„Und warum macht sie das nicht?", fragt eine der weißen Frauen.

„Weil sie so viele Fans im Ort hat. Sie glaubt an die Seele, die Kraft und den Geist in allem. In Steinen, Bäumen, Fahrrädern, im Wasser und sich selbst. Buddhisten braucht sie dazu nicht", weiß der Mann.

Inzwischen hat die alte Frau zu ihrer grünen Hose eine pinkfarbige Glitzerbluse angezogen, setzt sich zu ihren Gästen auf den Boden und beginnt mit einer Zeremonie. Sie zündet einige Räucherstäbchen an bis der Qualm aufsteigt. Sie singt, wehklagt, stöhnt, betet und läutet abwechselnd verschiedene Glöckchen. Zwischendurch lacht sie und will, dass wir Fotos von ihr machen. Mit ihren Zahnlücken grinst sie breit in unsere Touristenkameras. Dann singt sie weiter während sie jedem ihrer Besucher ein rotes Wollbändchen ums Handgelenk bindet.

Nach der Zeremonie gehe ich eingelullt von Rauch, Gesang und Fremdartigkeit zurück zu meiner europäischen Meditationsreisegruppe.

Wir machen uns wieder auf den Weg. Voll bepackt wandern wir über Trampelpfade durch Waldgebiet. Der Schweiß läuft uns über die Gesichter. Die Kleider sind durchgeschwitzt und meine Haare kräuseln sich nach oben in Richtung der gigantischen Baumwipfel. Es weht kein Hauch von einem erfrischenden Lüftchen.

Das Waldkloster liegt etwa zwei Stunden entfernt von dem Maibaum-Dorf. Wir europäischen Wanderer tragen Bergschuhe. Unsere Socken sind über die Hosenbeine nach oben gezogen. Die Blusen- und Hemdärmel sind zugeknöpft. Feuchte Halstücher kleben auf der Haut. Die Einheimischen haben uns vor lästigen Blutegeln gewarnt und uns geraten sie mit viel Kleidung fern zu halten. Abwechselnd bleibt ein Wanderer stehen, um Blutegel, die sich sogar durch die Stoffe genagt haben, von der Haut zu ziehen. Die Körper der Sauger dehnen sich wie Kaugummi. Nachdem wir noch viele, blutrünstige Tierchen mehr oder weniger erfolgreich abgewehrt haben, erreichen wir endlich das Waldkloster.

Es sieht überhaupt nicht so aus wie ich mir ein Kloster vorstelle. Es ist nicht groß und hat auch nicht viele Zimmer, sondern sieht eher aus wie eine Höhlenbehausung. Das ehemalige Kloster ist in eine hohe Felswand gebaut und besteht aus zwei Räumen, einem Schlafraum und einem Küchenraum. Vor dem Kloster befindet sich ein Sandplatz. Auf dem stehen, in den Boden gebohrt, windschiefe, schmale Bambuskabinen.

Ein sehniger, thailändisch aussehender Mann erwartet uns. Er stellt sich mit dem Namen Prince vor und ist für die nächsten zwei Wochen unser Begleiter, Hausmeister und Mann für alle Fälle. Er erklärt uns, dass wir vor den

Duschkabinen stehen, die Bottiche mit Wasser aufgefüllt sind und wir jederzeit duschen können.

Das wollen wir sofort alle. Ich habe Glück und bin für die erste Duschrunde eingeteilt. In meiner Bambuskabine steht ein dunkelblauer Plastikbottich, in dem eine knallrote Kelle schwimmt, mit der ich mir Wasser über den Körper gieße. Ich knie auf dem Boden. Meine Füße und Unterschenkel ragen unter der Badekabine heraus. Ich kippe mir eine Kelle nach der anderen über den Kopf. Mir gegenüber baumelt eine riesige Spinne. Sie hat sich von der Bambuswand herunter geseilt und macht Stopp auf meiner Augenhöhe. Sie ist am ganzen Körper behaart und glotzt mich mit ihren schwarzen Glubschaugen an. Ich glotze zurück und halte den Atem an. Die Spinne krabbelt netterweise wieder nach oben, so dass ich ihr nicht direkt in die Augen sehen muss. Schnell bin ich mit Duschen fertig.

Nach dem Waschgang gibt es Essen auf bunten Plastiktellern. Jeder kann sich sein persönliches Tellerchen für die Zeit des Aufenthalts aussuchen. Getrunken wird aus kleinen, dickwandigen Steinkrügen ohne Henkel. Neben den Plastiktellern sehen die Krüge antik und geschichtsträchtig aus. Vielleicht ein Andenken an die gute, alte Zeit, wo es noch nicht das hektische Industrie-

und Technikleben gab, das uns letztendlich in diesen Wald gebracht hat.

In dem Waldkloster leben keine Mönche mehr. Sie sind in die Stadt gezogen und überlassen Gruppen, wie uns, ihre ehemalige Behausung.

Unser Koch kocht massenhaft Reis, dazu Gemüse mit Nüssen. Er benutzt dazu nicht den Küchenraum in der Höhlenbehausung, sondern kocht draußen auf dem Sandplatz über einer Feuerstelle.

Wir frisch gewaschenen Besucher sitzen im Kreis auf Holzschemel mit kurzen Beinchen. In der Mitte hängt der dampfende Kochkessel. Daraus schöpft sich jeder sein Essen. Es schmeckt sehr gut und ganz anders, als das, was ich sonst Zuhause esse.

Die Reise hierher war lang und anstrengend. Die Umgebung ist ungewöhnlich und fremd.

„Was wir Sinn- und Selbstsucher nicht alles mitmachen und anstellen, um Antworten zu finden." Ich komme nicht umhin mir das zu denken.

In den nächsten zwei Wochen erwartet unsere Gruppe tägliche Meditation in Form von Dyadenarbeit. Wir suchen uns dafür eine von vier Fragen aus, die wir die nächsten Wochen bearbeiten. Zur Auswahl stehen vier Fragen aus dem Zen Buddhismus: „Sag' mir wer du bist?", „Sag' mir,

was du bist?", „Sag' mir, was ein anderer ist?" und „Sag'
mir, was das Leben ist?"

Nach einer Nacht auf Bast- und Isomatten im Höhlen
Schlafzimmer sitzen die Teilnehmer am nächsten Morgen
mit steifen Gliedern und knittrigen Gesichtern auf bunten
Sitzkissen im Sand.

Jeder sucht sich ein Gegenüber. Wir sitzen in geradliniger
Zweierreihe vor unserer Lehrerin Lana am Boden. Sie sieht
frisch und erholt aus und hat ihren Platz am Kopf der
Schülerformation. Sie sitzt nicht am Boden, sondern in
dem Campingstuhl, den sie sich aus Italien mitgebracht hat
und den ich hierher tragen durfte. In den Lehnen des Stuhls
sind Ablageversenkungen für ihre Getränkebecher
eingearbeitet. Sie trinkt mit Strohhalm Mangosaft aus
ihrem Becher und wedelt sich Luft zu mit einem Fächer
aus Holz, der mit bunten Federn beklebt ist. Auf ihrem
Kopf sitzt ein breitkrempiger, zitronengelber Cowboyhut.
Lanas Assistentinnen halten sich eher im Hintergrund auf.
Zusammen beobachten sie uns alle sehr genau.

Täglich verbringen wir acht bis neun Stunden auf den
Sitzkissen und betreiben Dyaden Arbeit. Zwei Tage turne
ich unruhig herum, bis ich mich an das lange Sitzen
gewöhne. Meine wechselnden Gegenüber stellen mir 96

Mal pro Tag und 1344 Mal in den nächsten zwei Wochen meine gewählte Frage „Sag' mir, was das Leben ist?" Jeder Teilnehmer hat eine Dyadenlänge von fünf Minuten, um zu antworten, dann ertönt ein vibrierender, tiefer Gongschlag. Wechsel. Mein Dyaden Partner, der mir gegenüber sitzt, ist nun mit seiner Frage dran. Er bekommt auch fünf Minuten zum Antworten. Wieder Gong. Wieder Wechsel. Die gegenseitige Befragung dauert eine Stunde. Zwischen den Dyaden Sitzungen üben wir Meditation beim Gehen und Tanzen. Dann gibt es noch die Atemmeditation und die Arbeitsmeditation beim Abspülen, Holzhacken, Höhle ausfegen und Duschkabinen ausbessern. Beim Essen und Trinken wird auch meditiert. Die Konzentration liegt beim Schlucken und Kauen. Nach Sonnenuntergang fallen wir müde auf unsere Schlafmatten, um per Gongschlag bei Sonnenaufgang wieder geweckt zu werden.

Die ersten Tage höre ich um mich herum wie die gestellten Fragen ausführlich beantwortet werden. Solange, bis die oberste Schicht der Gedanken und Vorstellungen ausgesprochen und abgeschöpft ist. Nach zwei, drei Tagen wird es leiser. Es gibt nicht mehr viel zu erzählen. Es geht in die Tiefe, wo sich die verborgenen Schätze der Selbsterkenntnis befinden, die sich meist in wenigen

Worten, dafür umso bedeutsamer, mitteilen. Dort unten wird es so manchem Seminarteilnehmer unheimlich. Alte Geschichten, Ereignisse und innere Blockaden fliegen uns um die Ohren.

Am Ende der zwei Wochen darf sich jeder Schüler in Lanas Campingstuhl setzen und der Gruppe das Ergebnis seiner Erfahrungen mitteilen. Für Außenstehende, die so eine Erkenntnis- und Erfahrungstour nicht mitgemacht haben, müssen sich die Aussagen der Teilnehmer sehr befremdlich anhören.

Des einen glückseliges Ergebnis lautet: „Ich bin." Ein anderer sagt: „Alles ist in mir. Ich bin eins mit allem." Eine Schweizerin liest zur Veranschaulichung ihrer Stimmungs- und Erkenntnislage Verse aus Gedichten eines kanadischen Indianerhäuptlings vor. Ein Österreicher sagt: „Das Leben, ich, alles ist richtig wie es ist." Ein weiterer Österreicher hat für sich erfahren: „Ein anderer ist wirklich ein anderer. Da hab ich nichts zu suchen, außer ich werde eingeladen." Bei mir ist in den zwei Wochen auch eine Erkenntnis aufgetaucht. Sie lautet: „Ich erschaffe mir meine eigenen Realitäten."

Als mein Sitznachbar an die Reihe kommt, springt er auf und schreitet schnell und forsch zum Meisterstuhl. Davor angekommen, reißt er sich plötzlich sein gelbes T-Shirt vom Leib und ruft uns zu: „Ich bin Jesus und ihr seid meine Jünger."

Das Ergebnis ist betretenes Schweigen unter uns Jüngern. Jesus bekommt für die nächsten Tage Garten- und Waldarbeit aufgebrummt, damit er wieder auf den Boden der thailändischen Waldkloster Realität kommt.

Der letzte Abend der Meditationswochen ist zugleich Jahreswechsel, zumindest für uns Europäer. An diesem Abend treffen sich alle Teilnehmer für die Vorbereitungen, um das alte Jahr zu verabschieden. Es sind noch ein paar Stunden bis Sylvester. Unser Koch stampft Gewürze und kocht Wurzeln. Es gibt wieder scharfes Gemüse mit Reis auf bunten Plastiktellern. Wir sitzen im Kreis auf dem Boden und basteln Papierboote, die wir Mitternacht mit Kerzen beleuchtet, auf dem Bach, hinten im Klosterwald davon schwimmen lassen wollen.

Gleich nach dem Essen macht sich die Gruppe auf in den Wald. Jeder hat sein Boot dabei, auf der Suche nach dem Bach, den noch keiner von uns gesehen, aber davon gehört hat. Prince, unser Hausmeister und thailändischer Mann für alle Fälle, hat uns per Fingerzeig und freundlichem Nicken den Weg gedeutet. Zusammen sind wir losgegangen, haben uns aber innerhalb von ein paar Minuten aus den Augen verloren.

Ich bin mir nicht sicher, ob ich auf dem richtigen Weg bin. Um mich herum ist viel Gestrüpp. Mein Boot habe ich unter meinen rechten Arm geklemmt. Ich habe keine Ahnung, wo ich bin und in welche Richtung ich am besten gehen soll.

Aus Deutschland habe ich mir eine Prosecco Flasche mitgebracht. Sie spitzt aus meiner Umhängetasche hervor. Sogar Korkenzieher und Feuerzeug habe ich dabei, um am Bach mit meinen Kollegen das neue Jahr zu feiern. Von denen aber ist weit und breit nichts mehr zu sehen oder zu hören. Ich warte eine Weile, ob etwas passiert, jemand an mir vorbeiläuft oder sich mein Orientierungssinn einschaltet. Nichts dergleichen passiert.

„Bestimmt ist es schon Mitternacht", schätzte ich.

Ich komme zu einer kleinen Lichtung, stelle mein Boot auf den Boden, zünde die Kerze an, lasse den Prosecco Korken knallen und proste mir zu: „Prost, Franziska, auf ein glückliches, neues Jahr. Jetzt hab' ich mich ausgerechnet zu Sylvester im thailändischen Wald verlaufen."

Ich genieße eine Weile Prosecco, Kerzenlicht und Stille, bis es ungemütlich einsam und unheimlich wird. Ein guter Zeitpunkt, um mir wieder eine Frage zu stellen: „Sag' mir, wo ich bin? Hallo. Sagt mir doch einfach jemand, wo ich bin und bringt am besten Kompass und Karte mit."

Kapitel 9

Seit einer Woche bin ich wieder Zuhause in Deutschland.
Meine ehemalige Arbeitskollegin Andrea vom Institut für
Arbeitsvermittlung ruft an. Sie erzählt mir von ihrem
neuen Berufsleben. Nach der Institutsinsolvenz wurde sie
als Karriereberaterin bei einem Versicherungskonzern
eingestellt.

Andrea weiß von einem Mann, der dringend nach
Verstärkung in seinem Team sucht. Sofort hat sie dabei an
mich gedacht und berichtet mir von dem außerordentlich
netten, verständnisvollen, humorvollen Chef mit besten
Führungsqualitäten. Sie will mich an ihn vermitteln und
hofft dafür auf seine Unterschrift für ihr Projekt, das sie
braucht, um weiterhin im Versicherungskonzern arbeiten
zu können.

Da ich mich nicht besonders beeindruckt zeige von
Andreas Neuigkeiten, legt sie sich noch mehr ins Zeug und
lässt nicht locker.

„Weißt du, das ist wirklich ein sehr netter Mensch. Er
nimmt nur die besten für seine Firma und die befindet sich
gerade im Aufbau. Das ist die Chance für dich."

Einen Tag später habe ich den Supertyp am Telefon. Er hört sich tatsächlich sehr sympathisch an. In vier Tagen soll ich ihn zu einem Vorstellungsgespräch treffen.

"Du musst dich konservativ anziehen und in jedem Fall in einer Bluse zum Vorstellungsgespräch kommen", sagt mir Andrea. Diesmal geht es um einen Job im Film- und Finanzwesen. Gesucht wird eine Assistentin der Geschäftsführung.

Da ich mittlerweile auch fast davon überzeugt bin eine gute Karrierechance vor mir zu haben, versuche ich meinen Lebenslauf bestmöglich für diese Stelle zu trimmen. Ich packe meine Berufserfahrungen, Aus- und Fortbildungen, Stärken und Schwächen, Auslandsaufenthalte, Sprachkenntnisse und Antworten auf die Stolperfrage „Was sind ihre beruflichen Ziele und Zukunftspläne?" in das übliche Bewerbungspaket, verschnüre es mit handfesten Argumenten, warum ich ausgerechnet diesen einen Job haben möchte, um es dann meinem Befrager ansprechend zu präsentieren.

Ein paar Tage später sitze ich mit meinem vielleicht neuen Chef an einem runden Tisch. Er liest gerade meinen Lebenslauf. Das gibt mir etwas Zeit ihn zu begutachten. Er sieht gut aus, ist etwa 45 Jahre, hat strahlend blaue Augen, braune abstehende Haare und spricht Deutsch mit einem lustigen, französischen Akzent.

Während er mit meinen Dokumenten beschäftigt ist, versuche ich mein unnützes Gedankengeplapper anzuhalten. Keine Chance. Es drängt sich wie eine Diva in den Vordergrund und sagt mir, dass ich überhaupt nicht von diesem Job überzeugt sei und noch dazu höchstwahrscheinlich vollkommen ungeeignet. Mit Filmfinanzierung würde ich mich nicht auskennen und es würde mich auch nicht interessieren.

Das stimmt aber nur halb, denn ein anderer Teil von mir ist sehr neugierig und von dem Job angetan. Während sich meine Gedanken eine hitzige Diskussion liefern, versuche ich mich äußerlich so souverän und entspannt wie möglich zu geben.

Zweimal geht die Türe zum Besprechungsraum auf. Nach etwa zwanzig Minuten sitze ich vor sieben Geschäftsführern. Mir wird warm. Alle Fenster sind geschlossen. Ich würde gerne meine Kostümjacke ausziehen, traue mich aber nicht. Es ist gewöhnungsbedürftig mich so ausdauernd von meiner besten Seite zu zeigen. Innerlich hole ich mir Verstärkung und krame in meinem Werkzeugkasten für Bewerbungsgespräche. Im obersten Fach liegen diverse Anleitungen für soziales Verhalten, wie zum Beispiel das

Lächeln auf den Lippen zu behalten, dabei ernsthaft und aufmerksam zuhören, nicht zu viel reden, meinen Mitmenschen in ihre Augen sehen, mich interessiert zeigen und so weiter und so fort.

Ich spüre, dass meine Wangen knallrot sind. Zu allem Übel haben sich meine unterschiedlichen, inneren Teile noch nicht geeinigt.

Sie toben. „Nein, ich will den Job nicht" und „Doch, natürlich nimmst du diesen Job. Reiß' dich zusammen."

Im zweiten Fach meines Werkzeugkastens sind zur Erinnerung meine Fähigkeiten auf einem Blatt Papier aufgelistet. Das steht: schnelles Einarbeiten, Kommunikationstalent, Organisations- und Koordinationsprofi sowie Teamfähigkeit, Flexibilität, Stressresistenz und international orientiert.

All' das eben, was im handelsüblichen Handwerkerkasten eines Berufstätigen stecken sollte.

Während ich in meinem Werkkasten nach gewinnbringenden Argumenten suche, warum ich für den angebotenen Job bestens geeignet bin, preise ich meine Fähig- und Fertigkeiten weiter an.

Die sieben Geschäftsführer machen einen lockeren und freundlichen Eindruck. Sie werden sich noch während des Gesprächs einig, dass sie mich als Assistentin der Geschäftsleitung haben wollen. Ich habe noch nicht verstanden für welchen der Geschäftsführer ich arbeiten werde, aber das wird sich mit der Zeit bestimmt herausstellen.

Sie beauftragen eine ihrer Sekretärinnen mit der sofortigen Fertigstellung meines Arbeitsvertrags. Ich bekomme das Dokument in die Hand gedrückt und eine Nacht Zeit mich zu entscheiden. In spätestens zehn Tagen soll ich mit meiner neuen Arbeit beginnen.

In Gedanken versunken und etwas mitgenommen, steuere ich nach fast eineinhalb Stunden geistiger Höchstleistung auf mein geparktes Auto zu.

Die Firma steht in einem Stadtvorort. Es ist ein betonierter, langgezogener Ort mit vielen Familien Reihenhäusern und dazwischen ein paar Bürogebäuden. In der Ferne sehe ich ein paar Baumspitzen in den Himmel ragen. „Vielleicht ist dort ein Park zum Spazieren in der Mittagspause?"

Natürlich werde ich mich für den Job entscheiden, jedoch versetzt mich die Aussicht auf Freiheitsberaubung, fest gekettet am Bürostuhl, in wahre Untergangsstimmung. Ich befürchte von nun an das Leben einer täglich kostümtragenden Finanzfrau zu fristen, die sich jeden Schritt, jedes Handeln überlegen und sich in aalglatter Gefühlsbeherrschung üben muss.

Am Telefon versucht Andrea mir Mut zu machen: "Was soll schon passieren? Wenn der Job schlecht wird, ja und, dann wird er halt schlecht."

„Genau. Sie hat Recht. Was soll schon passieren?", frage ich mich. Ich sitze zu Hause am Küchentisch und drehe den Arbeitsvertrag in meinen Händen hin und her.

Ich lese ihn nochmal durch, um mich zu motivieren und suche nach Paragraphen und Umschreibungen, die mir gefallen.

Ich bin mir unsicher und rufe Rufus an. Er hat gerade einen neuen Job begonnen und kennt sich mit Arbeitsverträgen aus. Ich lese ihm ein paar Vertragsparagraphen vor.

Sie seien typisch für Arbeitsverträge, meint er. Er kann nichts besonders Ungewöhnliches oder Gefährliches entdecken. Ihn interessiert viel mehr die Bezahlung und will wissen: „Was steht da, wie viele Monatsgehälter bekommst du?"

„Was, kein dreizehntes oder vierzehntes Monatsgehalt?"

„Nein, davon steht nichts in meinem Vertrag."

„Das ist schlecht", findet Rufus. Er jedenfalls bekommt solche extra Vergütungen.

Seine Freundin Mariami, gefeierte Künstlerin, telefoniert über Lautsprechanlage mit und steuert ihre Meinung bei: „Besonders viel verdienst du ja nicht."

Meine Tante Karla ist da anderer Meinung. Sie liest sich den Vertrag am Abend durch und kommt zu dem Schluss: "Das ist endlich mal ein richtiger Arbeitsvertrag."
Ich erinnere mich außerdem, dass Zenno, ein Handleser, mir vor ein paar Monaten mit bedeutungsvollem, eindringlichem Augenaufschlag prophezeite: „Alles wird gut. Du kommst in einen Job, wo du richtig bist. Dann gehst du eh' ins Ausland."

Ich wundere mich, welch' schlechte Laune die Aussicht auf einen handfesten Job mit sich bringt. Meine Widerstände stecken angriffslustig in ihren Kampfanzügen. Ihr Anführer ist die Unzufriedenheit, die immer unleidiger und dominanter wird. Zum Haare raufen. In einem von meinen Job Ratgebern steht: "Nehmen Sie den falschen Job. Das beendet Ihre Unschlüssigkeit und Sie treten nicht auf der Stelle."
Jedoch, dramatisch gesehen, geht es hier um Leben oder Tod. Mit ein wenig Humor geht es um Trauen oder Nicht-Trauen.

Am nächsten Morgen um neun Uhr ruft mich einer meiner zukünftigen Chefs an. Es ist der mit den blauen Augen und den brauen, abstehenden Haaren.

Er fragt mich kurz und knapp: „Soll ich sie erschießen oder kommen sie?"

„Ich komme."

Kapitel 10

„Abgedreht", die Film- und TV-Firma meldet sich wieder bei mir. Sie brauchen noch mehr Recherche Material für ihr Filmprojekt „Das Universum in mir". Da ich knapp bei Kasse bin und neue Kleidung für meinen neuen Job kaufen möchte, nehme ich den Recherche Auftrag an und mache mich auf den Weg.

Ich nehme an einem ungewöhnlichen Fest in einem kleinen Ort in Oberbayern teil. Das Fest dauert zwei Tage und gilt als Geheimtipp unter Andersdenkern.

Nach drei Stunden Autofahrt stehe ich vor einer Haustüre ohne Nummer. Das Haus ist ganz aus Holz gebaut und steht in einem abgelegenen Wald- und Wiesengebiet, etwa vier Kilometer vom nächsten Ort entfernt. Ein idealer Platz für einen Geheimtipp.

Es ist ein sonniger Sonntag mit blauem Himmel ohne Wolken.

An der Hauswand sind zwei Klingelschilder angebracht. Danach wohnt im Erdgeschoß Gerhard Klauberl, Auraheiler und Aurachirurg, und im ersten Stock Frau Angelika Momento. Auf ihrer Klingel steht: Mediales Heilen.

Die Frau ist demnach ein Medium. Noch nie zuvor bin ich so jemandem begegnet.

Ich drücke die unterste Klingel und warte gespannt.

Ein kleiner Mann öffnet mir die Haustüre. Über seinen hellblauen Augen sitzen buschige, graue Augenbrauen. Er trägt weiße Tennissocken, eine grüne, dicke Jogginghose und ein rosa T-Shirt, das sich über seinen großen Bauch spannt. Er hält mir seine Hand entgegen und sagt: „Hallo ich bin Gerhard. Zu wem wollen sie denn?" Ich stelle mich auch vor und sage ihm, warum ich hier bin.

Er sieht mich entgeistert an und wundert sich über meine Anwesenheit, denn das Fest wurde auf nächstes Wochenende verschoben. Schnell finden wir heraus, dass er vergessen hat mir Bescheid zu geben. Es ist ihm anzusehen, dass er sich fragt, was er jetzt mit mir tun soll. Erst mal bittet er mich höflich in sein Haus.

Ich folge ihm durch einen langen, dunklen Gang und erwarte, dass Heiler, Hexen und andere wilde Gestalten auf mich zuspringen.

Gerhard führt mich in einen großen, hellen Raum mit grau-grünem Steinboden. Durch breite Fenster sehe ich einen plätschernden Springbrunnen auf der Terrasse und eine große Blumenwiese dahinter.

Links im Raum befindet sich ein offener Kamin mit einladender Couchlandschaft. Auf der rechten Seite sitzen zwei Männer an einem schweren Holztisch umgeben von rustikalen Sitzbänken mit bunten Polstern drauf. Auf dem Tisch stehen ein großer, dampfender Kochtopf und ein gefüllter Brotkorb. Zwei Dackelhunde kommen auf mich zugeschossen, um an meinen Hosenbeinen zu schnüffeln. Sie knurren mich an. Niemand sagt ihnen, dass sie verschwinden sollen.

Anstatt dessen laden mich die Männer ein mit ihnen zu essen. Es gibt Leber- und Blutwürste mit Sauerkraut. Nicht unbedingt mein Lieblingsessen.

Ich setze mich zu einem Mann auf die Bank. Er trägt ein großes, goldenes, mit bunten Steinen besetztes Kreuz um seinen Hals. Sein Hemdkragen steht weit offen. Die schwarze Brustbehaarung quillt hervor. Der Mann stellt sich mit dem Namen Peter vor. Er ist wie ich zu Besuch in diesem Haus. Er legt Teller und Besteck neben mich, während ich damit beschäftigt bin mir die Dackel vom Leib zu halten. Einer von ihnen kaut bereits an einem meiner Schnürsenkel. Mir bleibt nichts anderes übrig, als ihn mit meinem Fuß wegzuschubsen. Dabei schlittert er ein Stück über den Steinboden. Wieder sagt niemand etwas dazu.

Peter und mir gegenüber sitzt ein sehr dünner, bleicher Mensch. Er stellt sich als Bruder von Frau Momento vor. Ihm gehören die Dackel. Auf seinem Teller sammelt er Wursthaut, die er zu kleinen Häufchen auftürmt. Bestimmt für die Hunde. Sie versuchen neben ihm auf die Bank zu springen. Dabei haut sich einer den Kopf am Tisch an und plumpst wieder auf den Boden. Der andere Dackel schafft es neben sein Herrchen auf die Bank und sabbert vor Freude auf die Wursthaut.

Es klopft an der Terrassentüre. Eine Frau steht davor. Gerhard läuft in seinen weißen Tennissocken zur Türe und öffnet sie. Die Frau hält eine lebensgroße Puppe im Arm, die einen grünen Badeanzug trägt. Die Arme und Beine der Puppe bestehen aus Seidenstrümpfen, ausgestopft mit Zeitungspapier. Auf dem Kopf der Puppe sitzt ein lilafarbener, struppiger Hut aus Kunstfell.

„Ach, ihr kommt jetzt schon zum Verbrennen. Eigentlich war das erst für nächstes Wochenende beim Fest geplant", sagt Gerhard.

„Das macht nichts", meint die Frau und lässt sich nicht irritieren. Sie zwängt sich mit der Puppe, an der von Kopf bis Fuß beschriebene Papierzettel hängen, durch die Türe. Ein paar der Schnipsel fallen auf den Steinboden.

Die Dackel hängen sich diesmal knurrend an die Puppenbeine. Die Puppen Besitzerin fackelt nicht lange. Die Dackel bekommen sofort einen ordentlichen Tritt.

Möglichst unauffällig versuche ich zu entziffern, was auf den Zetteln steht, die auf den Boden gefallen sind. Die

Besitzerin merkt es, hebt die Papiere auf und liest ungeniert vor: „Da steht Wut, Fresssucht und Opferhaltung drauf. Daran arbeite ich schon lange. Es soll sich endlich auflösen."

Ihre Kunsttherapeutin hat ihr geraten, ohne zu wissen wie groß das Therapieobjekt geworden ist, die Puppe beim Osterfeuer vor der Kirche zu verbrennen, als einen Akt der symbolischen Reinigung.

„Es ist an der Zeit alte Gewohnheiten und Ballast aus meiner Vergangenheit zu transformieren, damit sich Neues entwickeln kann", erklärt die Bastlerin. Nachdem sie die Puppe nicht zum Osterfeuer bringen wollte, weil es aussähe, als ob eine Leiche verbrannt würde, setzte sie sie ins Auto auf den Beifahrersitz und fuhr los, um einen geeigneten Verbrennungsplatz zu finden. Gerade als sie ihre Puppe aus dem Auto zerrte, kam ein Förster daher. Er betrachtete sie und Berta sehr argwöhnisch und stellte so viele Fragen, dass sie ihr Werk wieder einpackte.

Später erfuhr sie über ihre Nachbarin von Gerhards Fest. Der will ihr jetzt die Feuerstelle zeigen. Die Frau quetscht sich mit der Puppe erneut durch die Terrassentüre und verliert dabei wieder beschriebene Papierschnipsel.

Zum Essenstisch im Wohnzimmer gesellen sich Angelika Momento, das Medium, und ihre vierjährige Tochter

Klara. Beim Essen von Leber- und Blutwurst mit Sauerkraut erklärt sie mir, dass sie sich als Medium mit der unsichtbaren Anderswelt verbindet, um heilende, nützliche Botschaften für ihre Patienten zu empfangen.

Nach dem Essen führt sie mich in den Garten, wo das zweitägige Fest nächste Woche stattfindet. Der Garten ist ein Waldgrundstück mit großer Wiese und einem Weiher. Für das nächste Wochenende sind bereits Zelte aufgebaut. Sie sehen aus wie ich mir echte Indianer Zelte vorstelle. Sie sind cremefarbig, breit und hoch. Vier bis sechs Leute können in einem Zelt schlafen. Die Eingangslöcher sind mit braunen und schwarzen Schaffellen verhängt. Die Zelte stehen im Kreis zueinander. In der Mitte ist der Feuer- und Essensplatz gebaut. Um die Feuerstelle stehen Holzbänke und Stühle. Die Puppen Besitzerin hat bereits ein passables Feuer entfacht und schichtet noch mehr Holz auf.

Angelika Momento bietet mir eine Sitzung bei ihr an, damit ich eine Vorstellung davon bekomme wie ein Medium arbeitet.

Wir gehen in ihren Therapieraum, in ein gemütlich ausgebautes Gartenhäuschen. Sie erklärt mir, dass sie Medium ist für einen Engel namens Angelicus und seine Heilsbotschaften übermittelt.

Bevor die Sitzung losgeht, haut sie mit einem Trommelschlägel auf eine große, goldglänzende Klangscheibe. Nach dem tiefen, vibrierenden Gong setzt sie sich auf einen Stuhl. Wenn sie zu sprechen beginnt, soll ich auf den Play-Knopf eines alten Kassetten Rekorders drücken, damit alles Gesagte aufgenommen wird und ich es mir später nochmal anhören kann.

Angelika betet und murmelt sich in eine andere Dimension. Sie wird zum Sprachrohr für Engel Angelicus. Ihr Kopf fällt nach hinten. Ihre Stimme erscheint mir tiefer und männlicher. Sie spricht in einem für mich seltsam klingenden, alten Deutsch: „Sei willkommen, Schwester, in dem Streben deinen Platz zu finden. Von weit her bist du gekommen, hast gesucht an vielen Orten und bist doch nicht fündig geworden. Du kannst zwischen den Welten wandeln, neigst dich mal mehr auf die eine Seite und dann wieder auf die andere. Schon bald wirst du merken, dass dein Weg nicht mehr derselbe sein wird."

Diese Worte habe ich noch im Ohr, als ihre Tochter Klara ins Gartenhäuschen gestürmt kommt und laut nach ihrer Mutter schreit. Ihr laufen Tränen übers Gesicht. Sie ist verzweifelt, weil ihr Hundewelpe Pepe davon gelaufen ist. Mit dem Mädchen und ihrer Mutter mache ich mich auf die Suche nach dem kleinen Hund. Nach einer Stunde finden wir ihn im Hühnerstall. Dort liegt er mit ein paar Hühnern unter einer großen Infrarot Wärmelampe.

Inzwischen ist es Abend geworden. Angelika und Gerhard laden mich ein bei ihnen zu übernachten. Ich beziehe ein Zimmer auf dem Dachboden. Ich kann mir aussuchen, ob ich im Heu schlafen will oder in einem normalen Bett. Ich nehme das Heu. Neben dem Heu Lager steht eine lebensgroße, schwarz-weiß gefleckte Kuh an der Futterkrippe. Sie lebt komfortabel auf Stroh und Sägespänen. Ich muss zweimal hinsehen, um zu erkennen, dass es keine echte Kuh ist. Angelika erklärt mir, dass sie manchmal Heu Bäder für ihre Kunden zur Entspannung nach einer Sitzung anbietet. Die Kunden werden in Heu eingewickelt und eine halbe Stunde allein zum Ruhen gelassen. Bevor sie rausgeht, lässt sie meistens eine CD laufen. Auf der CD ertönt in regelmäßigen Zeitabständen ein lang gezogenes Muh von einer echten Kuh.
„Was ist das hier alles abgefahren", denke ich mir.
Nachdem ich mein Nachtlager fertig gemacht habe, gehe ich runter in die Küche.
Dort gibt es, wie könnte es auch anders sein, Heu Tee, ebenso Ingwer- und Kräuter Tee sowie eine dicke Gemüse-Kartoffelsuppe mit Speck. Wieder sind alle Bewohner und Besucher des Hauses anwesend. Hans ist dazugekommen.

Er ist etwa 38 Jahre und hat heute Abend noch einen Behandlungstermin bei Gerhard. Ich soll zusehen, damit ich verstehe um was es bei Aura Heilung beziehungsweise Aura Chirurgie geht.

Bei Hans geht es um Arbeitsthemen. „Da hängt viel dran, ein großes Paket, und das hindert ihn daran Arbeit zu finden", weiß Gerhard. Sie arbeiten auch an den Glaubenssätzen von Hans, die ihm sagen: „Ich darf keine erfolgreiche Beziehung haben zu Arbeit, zu meinem Außen, zu Geld, zum Leben."

„Das Gute ist, Hans sieht nicht weg bei unangenehmen Wahrheiten. Bei ihm geht es in der nächsten Zeit um Beziehungen und Aufblühen", sagt Gerhard.

In der Hand trägt er eine zugeschnürte Rolle aus schwarzem Leder. Er schnürt das Bündel auf und rollt das Leder mit seinem Inhalt auf dem Tisch aus. Es sieht aus wie Chirurgenbesteck. Da sind Messer in verschiedenen Größen und Formen, Scheren, Klemmen und Zangen. Zuerst tastet Gerhard mit seinen Händen die Aura um Hans herum ab. Für mich als Unwissende sieht das nach Herumfuchteln in der Luft aus. Gerhard aber sammelt dabei Informationen für seinen Patienten. Dann berichtet er Hans: „Du hast ein paar Löcher in deiner Aura von früheren Leben. Die werde ich bearbeiten. Einmal warst du als Sklave unterwegs mit schweren Ketten an den Füßen und einem Joch auf den Schultern, deshalb hast du öfter Probleme mit angeschwollenen Beinen und magst wahrscheinlich auch keine Umhängetaschen. Und irgendwann warst du in einer Art Versuchslabor. Du hast noch zwei Kanülen im rechten Arm und eine Drainage in der Bauchgegend liegen."

Für die Behandlung zückt Gerhard das erste Instrument, ein Messer. Er kümmert sich um die verbliebenen Reste aus Hans' früherem Leben im Versuchslabor.

In der Luft deutet er, etwa zwanzig Zentimeter vor der betroffenen Körperstelle, einen Schnitt an. Dann holt er eine längliche Zange hervor und bereitet die Drainagen Entnahme vor. „Du musst mir sagen, wenn sie draußen ist", sagt Gerhard. In sich gekehrt und voll konzentriert, gibt sein Patient Hans Anweisungen: „Nein, noch nicht. Noch ein Stück. Noch weiter. Immer noch. Jetzt ist es raus."

Gerhard tastet erneut Hans' Aura ab und ist zufrieden mit seiner Arbeit: „Demnächst kann ich dir das sogar auf meinem Laptop zeigen." Mit einem russischen Heiler Freund arbeitet er daran die Aura seiner Patienten vor und nach der Behandlung per Computerbild darzustellen.

Angelika kommt in das Behandlungszimmer. Sie will wissen, wann ich Geburtstag habe und um wie viel Uhr ich wo geboren wurde. Wenn es mir recht ist, gibt sie die Daten an eine befreundete Astrologin, die mir dann bis morgen ein kleines Horoskop ausarbeitet.

Eine Stunde später liege ich in meinem Heu Bett, neben mir die Kuh an ihrer Futterkrippe. Die Muh CD läuft. Ich finde die Menschen hier sehr nett, jedoch fällt es mir schwer einzuordnen und zu erklären, wie sie zu ihren Erkenntnissen und Therapieformen kommen.

Am nächsten Morgen erscheine ich um zehn Uhr zum Frühstück. Die anderen Hausbewohner sind anscheinend schon länger wach. Der Frühstückstisch sieht benutzt aus und niemand ist da. Auf dem Tisch liegen ein paar Seiten. Auf ihnen klebt ein gelber Zettel. Darauf steht: „Für Dich Franziska."
Es ist eine Auswertung zu meinem Horoskop. Ich beginne in der Mitte der ersten Seite zu lesen. Da steht: „Sie identifizieren sich mit Nichts und sind eine Grenzgängerin mit großem Hang zu Kreativität. Ihre Lebensaufgabe besteht darin, schöpferisch tätig zu sein für andere. Ihr Ansinnen ist es, das große Ganze zu begreifen."
Ich bin mir nicht sicher, ob mir das Gelesene gefällt und ob ich überhaupt dem astrologischen Blick in die Sternen- und Symbolwelt traue, die anscheinend so viel über mich weiß.

Meine Begeisterung hält sich in Grenzen. Astrologen können vielleicht Denkanstöße geben, aber ob das wirklich alles stimmt? Da braucht sich nur mal einer verrechnen. Darum bleibe ich der Sache gegenüber lieber argwöhnisch. Wieder einmal klopft es an der Terrassentüre. „Wieso klopfen in diesem Haus die Leute immerzu an die Terrassentüre anstatt an der Haustüre zu klingeln?", das verstehe ich nicht.

Ein Mann mit drei großen Kartons steht vor der Türe. Da außer mir anscheinend niemand im Haus ist, öffne ich dem Mann. Er stellt sich als Edmund vor und bringt seine Tagebücher der letzten Jahre. Er will sie verbrennen. „Um alte Zeiten in Rauch und Schall aufgehen zu lassen", wie er sagt. Das symbolische Verbrennen und Reinigen scheint hier in der Gegend beliebt zu sein. Ich zeige ihm die Feuerstelle im Garten.

Die Puppe von gestern mit den beschriebenen Papierschnipseln ist bereits zu Asche geworden. Ich kann noch kleine Überreste von ihrem lila Fransenhut erkennen.

In der Nähe der Feuerstelle steht das ganze Jahr über ein Zelt, ob Festival oder nicht. Dort findet jeden Samstag eine Satsang Sitzung statt.

Heute ist Samstag.

Ich ziehe meine Schuhe aus und betrete das Zelt.

Im Halbkreis hocken an die zwölf Schüler verschiedenen Alters auf ihrem Sitzkissen. Sie sind in sich versunken und meditieren. Ein paar weitere sind noch mit bequemem Platzbau beschäftigt. Vor ihnen steht mittig auf einem kleinen Holzpodest ein kurzbeiniger, breiter Stuhl mit einem Stück Schafsfell über die Rückenlehne gebreitet. Es ist der Meister Stuhl. Links und rechts davon stehen brennende Kerzen, daneben gerahmte Bilder von spirituellen und heiligen Personen. Drei Musiker sitzen am Boden, direkt vor dem Stuhl. Sie stimmen Gitarre, Harfe und Xylophon, bevor sie anfangen zu spielen. Mit ihrer Musik verbreiten sie besinnliche Stimmung. Die meisten der Anwesenden kennen die Texte auswendig. Sie summen oder singen mit, bis die Meisterin namens Ajana im Zelteingang erscheint. Sie geht durch die Gruppe zu ihrem Stuhl, verbeugt sich vor ihren Schülern, macht das Zeichen zum Gruß mit hochgehaltenen, gefalteten Händen und nimmt Platz auf ihrem kleinen Thron. Danach heißt sie jeden Besucher einzeln willkommen, indem sie ihm in die Augen sieht. Während sie sich Auge um Auge, von Schüler zu Schüler durcharbeitet, schiebt sie zweimal ihre Hand in die Hose und kratzt sich ausgiebig an den Schamhaaren.

Die Schüler bekommen Zeit ihrer Meisterin brennende Fragen zu persönlichen Lebenssituationen und Problemen zu stellen. Die Meisterin versucht ihre Antworten möglichst anschaulich zu gestalten. Sie liest aus Büchern vor und erzählt kurze Geschichten zu den Entwicklungsphasen des menschlichen Geistes. Ich versuche ihr dorthin zu folgen, wo sich anscheinend die Erleuchtung befindet. Für mich ist es ein entlegener, geheimer Ort.

Gegen Ende der Satsang Sitzung hält Ajana eine Taufzeremonie ab. Sie liest poetische Texte vor zum Weg der Erleuchtung. Den zu gehen, dazu bekennen sich drei Täuflinge. Als Symbol bekommen sie Namen, wie das Licht, die Leere und der Unendliche sowie Ketten aus Holzkugeln um die Handgelenke. Die drei sind sichtlich ergriffen über ihr Bekenntnis und ihre offiziell ausgesprochene Sinneszugehörigkeit.

Während das Musikertrio wieder ein paar Lieder spielt, finde ich auf dem Boden einen Flyer. Er wirbt für eine Klinik. Es ist eine Klinik für spirituelle Krisen in einem nahegelegenen Ort. Dort hält demnächst ein amerikanischer Dozent einen Vortrag über die erwachte Seele und ihre Schwierigkeiten damit.

Darin geht es um die Ablösung der Ich-Identität, um Bewusstseinsentwicklung und um das Erleben von Spiritualität als bewusste Intuition. Vermischt sich das mit persönlichen Problemen und der Rationalität, die mit unbegreiflichen Dingen nichts anfangen kann, gerät das Weltbild so mancher Menschen komplett aus den Fugen. In der Klinik bekommen die Patienten Unterstützung, um transpersonale Erfahrungen anzuerkennen, nicht über zu interpretieren und sie in den Alltag zu integrieren.

Fest entschlossene Sinn- und Antwortensucher reizt wahrscheinlich das Ungewöhnliche, Übernatürliche und außerhalb dieser Welt Liegende. Es ist Futter für die eigene Vermutung oder Hoffnung, dass es noch mehr gibt, als das Offensichtliche und diese eine Welt.

Besonders, wenn es schwierig ist, darin seinen Platz zu finden.

Kapitel 11

„Heute gibt's knusprigen Schweinebraten mit Semmelknödel und Blaukraut", steht auf der Tafel vor der Eingangstüre eines urig traditionellen Gasthofs im Stadtzentrum von München.

Mit Handtasche und drei vollen Einkaufstüten stemme ich die Türe des Gasthofs auf. Ich gehe nach unten zu den Toiletten und stelle mich in die Warteschlange. Vor mir stehen drei Frauen, gut parfümiert mit hochtoupierten Haaren. Sie sehen aus wie Geschwister und sind wahrscheinlich um die siebzig Jahre alt. Rechts und links von der Warteschlange gehen die Spülungen. In meiner Handtasche klingelt das Telefon. Die Handtasche klemmt zwischen den Tüten mit den drei Kostümen, zwei Hosenanzügen und den Schuhen für den neuen Job. Die drei Damen vor mir sind sehr nett und nehmen mir die Einkäufe ab, so dass ich noch rechtzeitig ans Telefon komme. Jede hat eine meiner Tüten in der Hand. Am Telefon ist mein zukünftiger Chef. "Sind sie Rechts- oder Linkshänderin?", will er wissen. Er richtet mit einer Kollegin gerade mein Büro ein und ist sich unsicher, wie er den Schreibtisch zum Tageslicht stellen soll. Mein Herz geht auf. Was für ein netter Mensch. Hat es sich doch gelohnt die ganzen Klamotten zu kaufen, den

Friseurtermin nicht zu verbummeln und die neue Wohnung in Arbeitsnähe, in der dreieinhalbten Etage eines neunstöckigen Hochhauses zu beziehen.

Die drei Damen verteilen sich in die umliegenden Kabinen. Sie haben meine Einkaufstüten dabei. Ehe ich etwas sagen kann, sind die Frauen hinter ihren Toilettentüren verschwunden. Für mich wird auch eine Kabine frei, allerdings habe ich immer noch den zukünftigen Chef in der Leitung. Die Dame hinter mir drängelt ungeduldig. Ich gehe zur Seite und lasse sie vor.

Mein Chef hat noch eine Frage: „Haben sie eine Miles & More Karte? Wir sind gerade dabei einen Flug nach Cannes für sie zu buchen. Sie haben dieses Wochenende hoffentlich noch nichts vor." Ich versuche mich zu konzentrieren. Ich befürchte, dass zum einen gleich meine Blase platzt und zum anderen, dass die drei Damen mit meinen neuen Klamotten verschwinden, wenn ich nicht im Gang auf sie warte. Zwei der Damen kommen wieder raus. Ich winke ihnen zu. Eine lächelt mich freundlich an und geht an mir vorbei in den Waschraum. Ich folge ihr und meiner Einkaufstüte. „Hören sie mir eigentlich zu?", tönt es aus dem Telefon. Der Chef hört sich ungeduldig an. Ertappt halte ich inne, bleibe stehen, sehe auf den Boden, um mich auf nichts anderes als dieses Telefonat zu konzentrieren. Das Gespräch dauert. Als ich auflege und

114

wieder aufblicke, sind sie weg, die drei Damen. Und ebenso meine Einkaufstüten.

„Das gibt's doch nicht." Ich stehe ein paar Sekunden ungläubig da und renne erst mal zur Toilette. Dann flitze ich die Treppen zur Gaststube hinauf.

Dort, rechts, sitzen die drei Damen mit meinen und ihren eigenen Tüten an der Bar. Eine sieht mich und winkt mir zu. „Sind's jetzt endlich fertig mit dem Telefonieren? Macht auch keinen Spaß da unten, oder?" Sie bedauert, dass der Telefonstress auch nicht vor dem stillen Örtchen Halt macht und empfiehlt mir ohne Handy zu leben, so wie es die Menschheit früher gemacht hat. Sie reicht mir meine Einkäufe. Ich erfahre, dass die Frauen tatsächlich Geschwister sind und sich zu einer Testamentseröffnung in München getroffen haben. Sie werden das Erbe ihres Vaters antreten, einem reichen Unternehmer, der 105 Jahre alt geworden ist.

„Also, Kind, wenn sie Geld brauchen, dann fragen sie am besten uns", sagt eine der Damen und nimmt einen Schluck aus ihrem Glas.

„Ach. Ah. Ja", stottere ich, sehr überrascht von ihrem Angebot.

"Wenn wir bis dahin noch was übrig haben", überlegt eine andere der Schwestern und leert mit großen Schlucken ihr Glas. Sie bestellt direkt eine neue Runde Champagner.

Ich verabschiede mich. Mein zukünftiger Chef wartet.

Wieder auf der Straße hole ich mein Handy hervor und will ihn zurückrufen. Er kommt mir zuvor. „Geht's jetzt wieder besser bei ihnen?", fragt er mit gehetzter Stimme.

Es hört sich an, als ob er durch eine sehr belebte Straße läuft.

Ich lasse mich mit meinen Einkäufen auf einer Bank nieder und versuche mich zu entspannen.

Die Sonne scheint. Sehr schön.

Mein neuer Chef informiert mich, dass ich Morgen an meinem ersten Arbeitstag, allein im Büro sein werde und mir den Tag zur Eingewöhnung gönnen soll.

„Wenn ich dann übermorgen von meiner Geschäftsreise aus London zurück bin, müssen wir einpacken für die Filmmesse in Cannes, am nächsten Wochenende. Da kommen sie gleich mit", verkündet der Chef.

Ausgerechnet an diesem Wochenende wollte ich mit Freunden zum Skifahren gehen, was wir schon seit langem geplant hatten.

„Ich wollte ihnen das nur schnell mitteilen, damit sie nichts anderes planen", sagt der Chef am Telefon.

Ich denke an meinen Arbeitsvertrag. Er liegt Zuhause auf meinem Schreibtisch. Ich habe ihn noch nicht unterschrieben. Außerdem denke ich an die drei reichen Schwestern an der Bar. Vielleicht sollte ich einfach zurückgehen und nach einer Finanzspritze fragen?

Der Chef verabschiedet sich mit den Worten: „Dann bis in zwei Tagen. Halten sie sich fit und motiviert." Er legt auf.

„Wer sagt überhaupt, dass ich komme?" Ich gehe zurück ins Gasthaus zu den drei Erbinnen. „Ein Versuch ist es wert", denke ich und gehe wieder an die Bar.

Von den Damen ist weit und breit nichts mehr zu sehen. „Tut mir leid, sie sind soeben gegangen", sagt der Kellner. Er lächelt glücklich. Wahrscheinlich hat er gerade reichlich Trinkgeld erhalten.

Ich verbringe den Rest des Tages damit mir Mut für den neuen Job zu machen. Dazu setze ich mich in ein Café und trinke heiße Schokolade mit Sahne, dann gehe ich in ein anderes Café, um Käsekuchen zu verspeisen.

Später fahre ich mit dem Zug nach Hause. Die Abteile sind voll. In den Zwischenräumen und Gängen schiebt sich der Schaffner vorbei an Fahrrädern und an Menschen, die auf Stufen und am Boden sitzen. Er steigt über Hundenasen und Rucksäcke, um die Fahrkarten zu kontrollieren. Ein

Handy klingelt leise, wird laut, lauter und noch lauter. Ein etwa sechsjähriger Junge merkt plötzlich, dass das sein Handy ist. Hektisch springt er auf. Er drückt ein paar Knöpfe und würgt den Anrufer ab. Dann setzt er sich wieder auf seinen Platz und betrachtet angespannt das Telefon. Er umklammert es, als würde es jeden Moment zum Fenster raus springen. Wieder klingelt es. Der Junge drückt sofort die richtige Taste und klatscht sich das Handy ans Ohr. Aufgeregt ruft er hinein: „Oma bist du's?" Dann antwortet er: „Ja, ich bins, Philipp."

„Philipp", schreit er.

„Holst du mich gleich ab?"

„Nein, ich weiß nicht, wo ich gerade bin."

„In Moosrain", flüstert ihm seine Banknachbarin zu.

„Ich bin in Moosrain, hat die Frau gesagt."

„Nein, Oma ich kenne die Frau nicht."

„Ja, ich bin höflich."

„Mir ist heute Morgen ein Zahn rausgefallen. Er ist in meiner Hosentasche."

Vorsichtig holt er ihn heraus und dreht ihn andächtig zwischen Zeigefinger und Daumen. Dabei fällt ihm der Zahn runter. „Oma, der Zahn is' weg." Der Junge schleudert sein Handy auf den Sitz. Die Stimme der Anruferin ist noch aus dem Telefon zu hören. Ihr Enkel kriecht währenddessen, gemeinsam mit einem Mädchen, das vor ihm saß, unter seinen Zug Sitz. Sein Zahn muss irgendwo dort sein. Zusammen finden sie ihn. Mit zerzausten Haaren kommen beide wieder nach oben, stehen im Gang und betrachten zusammen den Schatz. Ihren Zahnlücken nach zu schließen, hat das Mädchen Erfahrung mit ausgefallenen Zähnen. Über den Zahn des Jungen sagt sie: „Den hab' ich auch gehabt und gegen zwei andere Zähne von meiner besten Freundin eingetauscht." Um dem nicht nachzustehen und vielleicht auch, um noch andere, ähnlich interessante Besitztümer ins Spiel zu bringen, erzählt der Junge: „Ich hab' bei meiner Oma einen Schlafanzug mit aufgenähten Brustwarzen. Die Mama sagt, den muss ich anziehen, weil ich sonst beim Schlafen immer an meinen eigenen zupfe und die werden dann ganz rot."

Das Mädchen zeigt sich nicht besonders beeindruckt, bleibt aber noch ein paar Minuten neben dem Jungen stehen und spielt mit ihren Haaren, während sie ihn und seinen Zahn beobachtet. Der Junge und die Mutter mit dem Mädchen steigen an der nächsten Haltestelle aus.

„Vielleicht sollte ich doch lieber was mit Kindern machen?", frage ich mich. „Mit ihnen zu arbeiten, ist bestimmt nett und sehr unterhaltend."

Kapitel 12

Am nächsten Morgen stehe ich vor der Türe zur neuen Arbeitsstelle. Mir wurde gesagt, dass die Putzfrau über mein Kommen Bescheid weiß und mich ins Büro lässt. Ansonsten ist heute keiner der Kollegen im Büro. Vierzehn Mitarbeiterinnen und ein Mitarbeiter plus sechs der sieben Geschäftsführer sind in der Stadt bei einer sehr wichtigen Firmenpräsentation und anschließend bei einer Filmpremiere.

Ich läute an der Bürotüre. Eine freundlich lachende Putzfrau zieht einen Staubsauger um die Ecke und macht auf. Da sie schon spät dran ist, um zu ihrem nächsten Job zu kommen, zeigt sie mir eilig die Geschäftsräume und ist einige Minuten später verschwunden.

Im Gegensatz zu meinem Jobanfang im Institut für Arbeitsvermittlung habe ich hier direkt ein eigenes Büro mit Schreibtisch samt Stuhl, Telefon und Laptop. Ich muss mir die Dinge nicht selbst beschaffen oder zusammensuchen. Es gibt sogar ein Dekorationselement in meinem Büro. Auf einem dunkelbraunen Barhocker aus geschnitztem Massivholz steht ein orange gelber Tulpenstrauß. An der gläsernen Vase lehnt ein weißer Umschlag. Es ist ein Brief von der Geschäftsleitung. Darin steht: "Herzlich willkommen. Das gesamte Team begrüßt Sie zu Ihrem Neustart. Wir freuen uns auf Ihr tatkräftiges Engagement und wünschen Ihnen viel Spaß."

Das hatte ich noch nie, ein Willkommensschreiben und einen Blumenstrauß am ersten Arbeitstag. Ich bin schwer beeindruckt.

Mein Blick geht aus dem Fenster, über den Innenhof, zum Nebengebäude. Dort ist ein Großraumbüro mit durchgehender Glasfront. Die Menschen sitzen hinter ihren Schreibtischen, unterhalten sich, telefonieren, laufen durch die Räume, sortieren Akten und räumen Kartons ein.

In meinem Büro hingegen bewegt sich nichts und es ist mucksmäuschenstill. Das wird ein entspannter und ruhiger Tag.

Ich sehe wieder rüber zu meinen Nachbarn. Das wache Treiben dort finde ich ungewöhnlich für ein Büro um acht Uhr am Montagmorgen. Ich sehe genauer hin und erkenne eine Gruppe von etwa fünf Personen, die irgendwie nicht zu den anderen Leuten im Büro passen. Sie bringen eilig Kartons herein, nehmen Akten aus den Regalen und stopfen sie in die Kartons, um sie dann sofort wegzubringen. Das Vorgehen erinnert mich an eine ehemalige Arbeitsstelle, als dort die Steuerfahndung plötzlich auftauchte.

Das Telefon auf meinem Tisch läutet. Ich stottere den neuen Firmennamen und meinen eigenen in den Hörer. Einer meiner Chefs ist dran: "Na, haben sie sich schon eingelebt?", will er wissen.

Ich bejahe und bedanke mich für den Willkommensgruß auf dem Barhocker. Der Chef berichtet mir kurz von einer Lieferung aus Amerika, die heute eventuell noch ins Haus kommt. „Die nehmen sie bitte entgegen", sagt er und verabschiedet sich.

Das krieg' ich hin.

Den ganzen Vormittag klingelt kein Telefon und es kommt auch kein Lieferant vorbei. Gegen Mittag schreibe ich dem Zusteller eine Notiz an die Türe mit meiner Handy Nummer, schnappe mir die Büroschlüssel der Putzfrau und gehe in den nahegelegenen Park. Dort lege ich mich zum Sonnen auf eine Bank und mache Pause.

Nach einer Stunde trete ich dösig den Rückweg zur Arbeit an. Meine Zweiflerin zweifelt mal wieder: "Diese Firma, bei der ist ja nichts los. Kein gutes Zeichen."

"Sag' das nicht. Der Job wird gut. Du musst dich nur drauf einlassen, dann wird sich alles andere fügen", sagt Tante Elfi am Telefon, als ich mit ihr, zurück im Büro, vor lauter Langeweile telefoniere.

Ihre Ehrfurcht vor Schicksal und Fügung wird betont durch einen lauten Knall mit Zischgeräuschen im Hintergrund. Ihr Schnellkochtopf ist explodiert. Schnell legt sie auf. Meine Tante hat das Ding nie repariert, denn sie fand: „Da muss ich nicht rumpfuschen. Der Topf macht's eh' nicht mehr lange."

Ich würde sagen sie hat den Schnellkochtopf vertrauensvoll seinem Schicksal überlassen. Ob das gut war?

Ich sitze inzwischen an der Empfangstheke meiner neuen Firma, um die spärlich eingehenden Telefonate entgegen zu nehmen. Wenn ich wenigstens etwas hätte zum Vorbereiten für diese Film Messe in Cannes, wo ich in zwei Tagen sein werde. Ich suche im Internet nach Informationen über die Veranstaltung und überdenke meine Vorstellungen, was mir dieser Job bringen wird. „In Cannes, da war ich noch nie und auf so einem Filmfest war ich auch noch nie. Das wird bestimmt spannend", sagen mir positive Gedanken.

Es klingelt an der Eingangstüre. Ich sehe vom Schreibtisch auf. Tatsächlich. Ein Mann steht vor der Türe. Ich fummle umständlich unter dem Thekentisch, auf der Suche nach dem automatischen Türöffner. Ich finde und drücke ihn, aber die Türe geht nicht auf. Also sprinte ich zum Eingang und öffne dem Mann die Tür per Hand. Er gibt sich als Lieferant zu erkennen und sagt er habe Post dabei. Ich bleibe abwartend vor dem Mann stehen und halte meine Hand hin, um die Post entgegen zu nehmen.

„Nein, nein", meint der Mann. „Das ist eine Lieferung aus Amerika. Die kann ich nicht raufbringen. Die is' noch unten. Wo soll sie hin?"

Ich begleite den Mann nach unten auf die Straße. Er führt mich zu einem LKW. Ich wundere mich. Der Mann geht zum Laderaum des LKW und deutet hinein: „Das ist ihre Lieferung aus Amerika. Ein paar Tonnen Film Material." Ich staune nicht schlecht. Vor mir steht ein Lastwagen bis zur Decke voll mit Kisten, Kartons und anderem Zeug. Der Mann meint: „Ich brauche jemanden, der mir beim Abladen hilft. Allein kann ich das nicht."

Ich frage mich und dann ihn, wohin wir die Ladung bringen sollen, denn ich habe keine Ahnung, wo Platz dafür ist.

„Woher soll ich das wissen?", meint der Lieferant.

Ich warte, ob der Mann seinen Worten noch etwas hinzufügt.

Beim Anblick des Lasters schwant mir, dass die Sache nicht so einfach wird.

Meine sieben Chefs kann ich nicht erreichen. Keinen von ihnen.

Der Lastwagenfahrer sitzt derweil rauchend auf der Laderampe. Dann telefoniert er mit seiner Firma, um herauszufinden, was zu tun ist. Nach ein paar Minuten Telefonat berichtet er: „Mein Chef ist nicht gut auf euch zu sprechen. Er überlegt, ob er weiter mit euch zusammen arbeiten will. Ihm reicht's von eurer Plan- und Strukturlosigkeit."

„Das wird jetzt besser. Ich bin seit heute extra dafür eingestellt worden", erkläre ich dem Mann.

„Also, wo soll das Zeug jetzt hin?", will er endgültig wissen. „Ich weiß nur eins, wenn ihr keinen Platz findet, soll ich den Krempel auf der Straße stehen lassen. Ihre Chefs haben bisher noch keine einzige unserer Rechnungen bezahlt."

Ich trete von einem Bein aufs andere und denke scharf nach. Ich brauche dringend eine Lösung.

Der Lieferant zündet sich wieder eine Zigarette an. Das gibt mir noch etwas Zeit.

Einer meiner drei Onkels besitzt ein Autohaus samt Werkstatt und Lagerraum. Nicht weit von hier entfernt. Dort kann ich vielleicht das Film Material erst mal abladen und für eine Weile unterstellen.

Ich laufe die Treppe zurück zum Büro, packe meine Sachen, rufe nicht vorher bei meinem Onkel an, um erst gar keine Absage zu bekommen, schalte den Anrufbeantworter ein, schließe das Büro ab und klettere neben dem LKW Fahrer auf den Beifahrersitz.

Kapitel 13

Seit einem halben Jahr arbeite ich in meinem neuen Job. In der Firma ist meine Hauptaufgabe das zu strukturieren, zu organisieren und zu koordinieren, was es bedarf, um eine gewinnbringende, positiv verlaufende Kommunikation zu gewährleisten. Dabei kann ich meinem Energiehaushalt gerecht werden, mich verausgaben und Problem Management betreiben. Ich habe nach wie vor sieben Chefs. Jedoch ist einer davon mein Hauptchef. Es ist Bertram mit den blauen Augen, den abstehenden Haaren und dem lustigen deutsch-französischen Akzent. Er baut die Abteilung für Filmfinanzierung auf und stellte mich meinen neuen Kollegen als Allzweckwaffe vor. Laut seiner Arbeitsbeschreibung werde ich mich nicht nur um die externe Firmenkommunikation auf Filmmessen und -märkten kümmern, sondern auch um die interne Kommunikation. „Also wundert euch nicht, wenn sie zwischen allen Stühlen wandelt, um für mich zu spionieren und mir zu helfen die neue Abteilung aufzubauen", sagte er und forderte alle Mitarbeiter dazu auf aktiv ihr Wissen einzubringen. Die neue Abteilung für Filmfinanzierung soll Gewinn bringen durch Teamarbeit und ein breites Spektrum an Berufserfahrungen.

Aufgefallen ist mir bisher, dass die sieben Chefs selten einer Meinung sind. Kaum einer von ihnen scheint zu wissen, was der andere tut. Dementsprechend zäh gestalten sich auch ihre Entscheidungsfindungen. Wird dann etwas entschieden, passiert das meist sehr kurzfristig und ein paar Minuten vor Büroschluss. Manche Entscheidungen werden so lange hinaus gezögert bis es sie nicht mehr braucht, weil sich in der Zwischenzeit etwas anderes ergeben hat oder sie werden neu durchdacht, um sie kurz später wieder zu verwerfen oder sie werden einfach nicht eingehalten.

Ich sehe meinen neuen Job als Möglichkeit und Herausforderung mich zu einer zufriedenen Mitarbeiterin zu entwickeln, die viel beobachtet, kommuniziert, vermittelt und rennt, um dann im richtigen Moment nach dem zu greifen, was ich für die erfolgreiche Ausführung meiner neuen Aufgaben brauche.

In der neuen Firma gibt es kaum offiziell geltende Regeln. Inoffiziell dagegen einige. Ein paar davon lauten: „Sprich' mich morgens niemals an, bevor ich nicht den ersten Kaffee getrunken habe." „Wenn ich dich auch anlache, stör' mich kein zweites Mal in meinem Büro." „Frag' niemals nach Antworten auf unangenehme Dinge", wie zum Beispiel: „Was soll ich ihrer Frau antworten, wenn sie anruft und fragt, wo sie sich die letzten Tage aufgehalten haben?"

Daraus gelernt habe ich: gib' niemals Familienmitgliedern von Chefs deine Handynummer. Einmal rief mich gegen Mitternacht eine Ehefrau an. Sie saß Zuhause im Kleiderschrank und wusste sich nicht mehr zu helfen, da ihr Mann, einer meiner Chefs, stumm im Wohnzimmersessel hockte und sich partout nicht dazu äußern wollte, wo er sich in seiner Bürofreien Zeit herumtreibt. Sie fragte mich um Hinweise und Rat. Als dann der Ehemann plötzlich aufstand und Richtung gemeinsames Schlafzimmer schlürfte, informierte mich seine Frau, dass sie jetzt schnell auflegen müsse, um noch rechtzeitig vom Kleiderschrank ins Badezimmer zu hüpfen, damit sie sich dort unauffällig die Zähne putzen könne.

Am nächsten Morgen wollte der Chef von mir wissen, was ich über seine Ehe beziehungsweise Affäre weiß. Und ich wünschte von beidem gar nichts zu wissen.

Sozialtheorien, Geschäftsmethoden oder Verhaltensregeln, die an Universitäten, in Benimm-Kursen oder sonstigen Veranstaltungen als erfolgreich betitelt und gelehrt werden, lösen in meinem Arbeitsumfeld allenfalls Schulterzucken oder müdes Lächeln aus. „Wir sind da anders. Schließlich arbeiten wir beim Film", heißt eine der Geschäftsparolen. Alles kann sein oder auch nicht. Die Dinge unterliegen meistens einem gehetzten Streben nach überlebensnotwendiger, kreativer Weiterentwicklung, auf der Jagd nach wirtschaftlichem Erfolg, stets von einer guten Schicht Chaos überzogen. Dabei verschanzen sich sechs der sieben Chefs gerne in ihren Büros. Die Türen sind manchmal den ganzen Tag geschlossen, während einer von ihnen, mit Kaffeetasse in der Hand, fröhlich pfeifend durch die Bürogänge läuft.

„Sieben Geschäftsführer, das kann nicht gut gehen", meint mein Onkel, der mir zu Liebe immer noch die LKW-Ladung Filmmaterial in seiner Werkstatt duldet.
„Vom Filmgeschäft habe ich keine Ahnung", meint er, „Aber, dass noch nicht mal grundlegende Geschäftsregeln bekannt sind und eingehalten werden", das verwundert ihn doch sehr. Er fragt sich, wie es die Geschäftsführung schafft nicht Pleite zu gehen.

Ich sehe es als meine Aufgabe Veränderungen herbei zu führen, damit meine Firma nicht im Chaos versinkt. Zusätzlich will ich uns Mitarbeiter bei Laune halten und am besten das gesamte Büro retten, denn es ziehen bereits die ersten, düsteren Wolken am Finanzhimmel auf. Meine

Firma rudert mit einigen anderen maroden Filmbetrieben um die Wette und will als erste ankommen, um große Gewinne einzusacken. Um das zu erreichen, verabreden sich die sieben Geschäftsführer zu einem Hüttenwochenende, an dem sie Wichtiges klären und strategische Vorgehensweisen planen wollen.

Ganz im Eifer versunken, will ich meinen Beitrag dazu leisten und versuche meine Sicht der Dinge an die sieben Männer zu bringen, da ich glaube damit etwas zum Erhalt der Firma beitragen zu können.

So erfinde ich für das Hüttenwochenende eine symbolische Geschichte zum Vorlesen für die bevorstehenden Arbeitstage.

Ich gebe der Geschichte den Titel „Vierzehn Eier und ein Drachenei" und maile sie an die Chefetage.

Es ist die Erzählung von einem Drachenei mit besonders harter Schale, das es gilt so schnell als möglich auszubrüten. Die Drachenart ist momentan auf dem Weltmarkt ein Vermögen wert. Das Ei ist unsere Firma. Die Brutbeauftragten sind meine sieben Chefs mit ihren insgesamt vierzehn Eiern und die Almhütte ist die Endstation der Brutzeit. Danach müssen wohl durchdachte Taten und Entscheidungen folgen, um mit dem Drachen Gewinne einzufahren.

Erstmal aber muss das Ei platzen, der seltene Drache schlüpfen, so dass die Firma auf dem Markt glänzen und hohe Summen für das Drachenkind absahnen kann.

In meiner Geschichte knackt, kracht und staubt es. Das Drachenkind sprengt die Schalenschichten. Es sieht sich um. Niemand schenkt ihm Beachtung. Es hüpft nach draußen und latscht hinter den diskutierenden Geschäftsmännern vorbei, die den Ist-Zustand ihrer Firma analysieren und zukünftige, effektive Vorgehensweisen diskutieren. An der nächsten Lichtung nimmt das Drachenkind Anlauf, setzt sich mit großen Schritten über Gestrüpp und Felsbrocken hinweg, stolpert ein paar Mal, dann hebt der begehrte Hoffnungs- und Lösungsträger mit kräftigem Flügelschlag ab und segelt mit breitem Grinsen davon. Keiner der Geschäftsführer merkt es, weil sie zu sehr mit sich selbst beschäftigt sind und den Blick fürs Offensichtliche verloren haben.

Das war meine Geschichte.

Ich glaube allerdings, dass keiner meiner Chefs Zeit hatte sie zu lesen. Jedenfalls bekam ich keine Rückmeldung oder gar ein Lob für meine ungefragte Kreativität.

Meine Kollegen jedoch nahmen sich die Zeit. Sie finden, dass ich mit der Drachen Geschichte die Problematik unserer Firma genau getroffen habe. Sie erachten meinen Text als sehr vorlesenswert, weil er wahr ist.

Einige von ihnen wollen demnächst kündigen, wenn sich die Führungs-, Struktur- und Entscheidungslosigkeit der Chefetage nicht bessert. Natürlich wird das nur hinter vorgehaltener Hand im Kreise vertrauenswürdiger Kollegen ausgesprochen.

Meine Versuche Veränderungen zu bewirken, sind bisher wenig erfolgreich gewesen. Trotzdem bin ich weiterhin fest entschlossen: „Ich werde durchhalten. Davonlaufen gibt's nicht." Damit gebe ich meinem Arbeitsdasein Sinn und Berechtigung, denn ich will bedeutungsvoll als Retterin in unsere Firmengeschichte eingehen. Möglichst gut aussehend, ohne Augenringe und Erschlaffungserscheinungen, weshalb ich mich in einem Fitnessstudio anmelde, das 24 Stunden geöffnet hat.

Zum bravourösen Aus- und Durchhalten gehört heldenhaft aufstehen, nicht nur äußerlich, wenn der Wecker um sechs Uhr morgens klingelt, sondern auch innerlich, wenn ich Heldin alles dran setzte, um zuversichtlich zu bleiben, trotz mehrmaliger, täglicher, frustrierender Aktionen der Geschäftsführung.

Jedoch, nicht nur mein Außen droht im Chaos zu versinken, auch in meinem Inneren geht es drunter und drüber. Die Welt der Kleingeister ist aufgewühlt.

So sitzt mir beispielsweise mein innerer Nörgler aufdringlich im Nacken. Er ist überzeugt: „So klappt das alles nicht. Das wird nie etwas mit dem Laden hier. Der ist dem Untergang geweiht."

Ich will den Nörgler besänftigen und errichte ihm in meinem Büro auf dem Barhocker eine fast ein Meter hohe Statue. Es ist ein dickbäuchiger, weißer Porzellan Hund mit Faltengesicht. Eine Bulldogge mit schwarzen Stiefeln und Frack. Zwischen den lila lackierten Pfotennägeln hält der Hund elegant eine Zigarette am langen Stiel. Die Lippen sind dunkelrot geschminkt, die glitzerblauen Wimpern lang und er hat den Gesichtsausdruck eines launischen Diktators.

Der Nörgler soll sich gesehen und beachtet fühlen, damit er zufriedener ist, gnädig gestimmt wird und dadurch weniger zu nörgeln hat.

Ich vermute jedoch, dass auch der paradiesischste Zustand nicht das Richtige für meinen Nörgler ist.

Perfekte Arbeitsumstände, perfekte Chefs und Kollegen, damit wird letztendlich das Glück zu groß, zu unerträglich, zu viel. Einfach nicht auszuhalten.

Ich will mich aber in Zufriedenheit üben oder zumindest so tun, als ob ich zufrieden wäre mit meinem Job. Das allein kann schon helfen, habe ich gelesen.

Auch, dass es hilfreich ist, sich dem Fluss des Moments hinzugeben. Also versuche ich mich locker im Sein treiben zu lassen. Ich will meine Widerstände gegen die Arbeitswelt aufgeben. „Es muss doch möglich sein einen erträglichen Job zu haben. Und wenn dem nicht so ist, dann muss ich ihn mir eben passend machen."

Mich mit meinem Job zu arrangieren, ihn zu akzeptieren, das wird zum innerlichen Leistungssport. Ich höre meine Pfunde purzeln, während ich versuche Widerstände aufzugeben, offen zu bleiben und nicht die Flucht zu ergreifen. Immer öfter, wenn ich von der Arbeit nach Hause komme, schiele ich meine braunen, ausgelatschten Trekkingschuhe an, die ich immer auf Reisen dabei habe. Sie stehen ganz oben, in der linken Ecke meines Schuhschranks. Ich kann hören, wie sie mit mir sprechen. Sie sagen: „Los, lass' uns weiter sausen, woanders hin."

In letzter Zeit packe ich in Gedanken wieder öfter meinen Reiserucksack und wandere aus. Dann, wenn ich befürchte die letzte Möglichkeit zu verpassen mein Berufsleben so anzupacken, dass es in glücklichen Bahnen verläuft.

„Das kann ich ihnen sagen, im Ausland wird auch nichts besser. Suchen sie sich lieber einen Mann, und das sehr bald, denn im Alter wird das mit der Partnersuche immer schwieriger", sagt der Internetspezialist beim Geburtstagskuchenessen in der Büroküche zu mir. Die Frau von einem der Geschäftsführer steigt in das Gespräch ein und berichtet: „Mit der Familie ist dann das eigene Leben erst mal vorbei. Da gibt es nur noch Kindergeburtstage am eigenen Geburtstag."

Die Assistentin von einem der Geschäftsführer will anscheinend vom Thema ablenken und erklärt, wie es um das Mediengeschäft steht, was gilt, was nicht und was zu beachten ist: „Das ist alles nicht leicht. Es kostet dich viele Nerven und viel Energie überhaupt auf einen grünen Zweig zu kommen und in der nächsten Sekunde sägt ihn schon wieder einer ab." Negative Kollektivmeinungen und -einstellungen umwickeln das gesamte Bürogeschehen wie ein dichtes Maschennetz. Ein Entkommen scheint unmöglich. Nachdem mir schon wieder eine Kollegin mit ausdauernder Leidensmiene und der dazugehörigen Geschichte vor die Füße läuft, werden auch meine Schritte auf dem Gang schleppender, während ich in die Schimpfereien einsteige wie die Dinge anders oder besser gemacht werden müssten. Ich warte mittlerweile ebenso

wie meine Kollegen darauf, dass die Geschäftsführung
Situationen und Strukturen in unserer Firma verändert.

Die Geschäftsführer sind zurück von der Almhütte.
Ich komme von der Mittagspause und habe beschlossen zu
den Geschehnissen in meiner Firma geistigen Abstand zu
halten. Ich werde mich in Distanz üben.
Als ich die Eingangstüre öffne, kommt ein wutentbrannter,
schreiender Chef auf mich zu gestampft. Ohne zu wissen
worum es geht, beobachte ich irritiert die Wutwellen unter
seiner Gesichtshaut, seine keifenden Lippenbewegungen
und bebenden Nasenlöcher. Plötzlich macht er eine abrupte
Kehrtwendung und geht wortlos in sein Büro. Ich gehe
auch zurück in mein Zimmer.
Eine Stunde später kniet der Mann vor mir auf dem Boden
und hält mir eine halbe Tafel Schokolade als
Entschuldigung unter die Nase.
Es menschelt an allen Büroecken und -enden. Das
Kollegengewusel mit seinem ganzen Durcheinander
erinnert mich an einen großen Ameisenhaufen, den ich mal
hinter dem Haus meiner Großtante Erika beobachtet habe.
Mitten durchs Geschehen lief eine Spinne. Sie wurde von
den Ameisen angegriffen, angefühlt, aufgehalten und
umgeleitet. Die Spinne blieb, so gut sie konnte, auf ihrem
Weg und schaffte es letztendlich raus aus dem Haufen. Ihr

zielstrebig angepeilter Notausgang war ein Fichtenzweig, der dicht über dem Ameisenhaufen hing.

Ich wünschte auch so unbeirrbar zu sein wie diese Spinne und mich von nichts und niemandem beeinflussen zu lassen, auch nicht vom stetig steigenden Arbeitsfrust.

An täglichen Übungseinheiten fehlt es jedenfalls nicht. Ellbogeneinsatz ist gefordert und Standhaftigkeit sowie möglichst schlaues Taktieren in der Gruppe.

Bei der wöchentlichen Teamsitzung geht es dann wieder darum mich in Reih und Glied einzuordnen, wenn es heißt: „Achtung. Aufgepasst. Die Chefetage hat fast eine Entscheidung getroffen."

So wie meine Kollegen, überwache auch ich kritisch unsere sieben Geschäftsführer bei ihren Versuchen einen profitablen Weg zu finden. Sie sind als Einzelkämpfer unterwegs und arbeiten in gemeinsamer Sache gegeneinander. Einer versucht nach allen Richtungen zu schlichten und zu retten. Er ist Positivist in fast allen Lagen, wovon ich mir eine gehörige Scheibe abschneiden kann. Andere schwören auf Teamarbeit und Kommunikation, während sie hinter verschlossenen Bürotüren im Cyberspace Delirium die Mitarbeiter mit Emails überschütten. Der, der die Geschäftsführer Riege lenken soll, glänzt durch Abwesenheit des viel beschäftigten Mannes. Der Arbeitsdruck wird groß und größer. Die Ausnahmezustände sind keine Ausnahmen mehr.

Montagmorgen stehe ich wieder brav auf der Fußmatte und schließe die Büro Türe auf. Die Sekretärin am Empfang hat wegen großer Lust auf Veränderungen ihre Kündigung eingereicht. Sie ist bereits unterwegs nach Nepal mit ihrer neuen Beziehung, unserem ehemaligen Postzusteller.

„Nein. Ich gehe nicht auf Reisen. Ich bleibe", sage ich mir. Trotz aller guten Vorsätze dauert es inzwischen nicht mehr lange und ein Zwischenfall, eine Unstimmigkeit, ein Blick oder Wort, eine erboste Email, und schon baumelt eine dramatisch erlösende Kündigung auch vor meinen Augen. Jedoch, meine Vorliebe für tragödienhafte Unterhaltung hält mich an Ort und Stelle.

Stress treibt mich zu Höchstleistungen an. Der Job zieht mir ordentlich Energie ab und gibt mir ebenso Kraft und Schwung durch das Gefühl gebraucht zu werden und schwierige Situationen zu meistern.

Kapitel 14

Verkatert von den Arbeitsumständen, steige ich ungelenk aus meinem Bett. Bis zwölf Uhr nachts war ich gestern im Büro, um Einladungen an Kunden zu verschicken, was eigentlich schon vor drei Wochen hätte passieren sollen, aber meine sieben Chefs waren wieder von ihrer chronischen Krankheit der schneckentempoartigen Entscheidungsfindung befallen. Gestern um sieben Uhr abends waren sie dann so weit. Sie waren sich einig. Die Einladungen mussten raus und zwar sofort.

Ich habe auch eine Entscheidung getroffen. Wenn ich schon nichts an der Firmensituation und den Chefs ändern kann, dann muss ich eben etwas an mir selbst ändern. Und zwar durch einen gewaltigen Perspektivenwechsel. Mein Vorhaben lautet: Umpolung vom Negativen zum Positiven. Ich will Situationen leichter erträglich machen, indem ich sie ganz anders, nämlich viel positiver und mit mehr Humor und Gelassenheit als sonst sehe. Oder, ich akzeptiere sie einfach so, wie sie nun mal sind.

Die Leichtigkeit soll aus ihrem Versteck hervorspringen, sich meterhoch auftürmen, riesige Zähne und Muskeln zeigen, so dass destruktive Gedanken, Glaubenssätze und

Gewohnheiten verschreckt die Flucht ergreifen. Auf dass die positiven Gehirnneuronen und -synapsen brutzeln und knistern, negative Baustellen überbrücken und neue Schnittstellen schaffen, damit sich die Leichtigkeit erfolgreich in meinem ganzen Innen und Außen ausbreiten kann. Unterstützt werden soll das flächendeckende Erblühen der Leichtigkeit von meiner Selbsterkenntnis: „Ich bin der Schlüssel zu meinem Glück."

Meine Selbsterkenntnis führt ein strenges Regiment. Sie verlangt Respekt und Aufmerksamkeit. Ist das nicht der Fall, schickt sie mich zur inneren Einkehr, solange bis ich wieder offene Ohren und Augen für sie habe. Die Selbsterkenntnis ist sich ihrer Macht und Wichtigkeit bewusst. Sie nickt aristokratisch vornehm, wenn ich auf dem richtigen Weg bin. Manchmal hält sie sogar den Daumen nach oben und äußert sich dazu: „Gut erkannt. Weiter so." Dagegen stöhnt sie und hält sich divenhaft ihre Stirn vor Kopfschmerzen, wenn ich einfach nicht draufkomme, was ich aus meiner Jobsituation lernen soll. Mit einem gequälten Lächeln auf den Lippen vernichtet sie meine Hoffnung auf Veränderungen und spricht: „Du verirrst dich. Das geht so nicht."
Die Zusammenarbeit mit der Selbsterkenntnis kostet viel Zeit und Nerven. Sie lässt sich nicht hetzen. Von

niemandem. Von keinem Chef, keinem Besserwisser oder gar von mir selbst.

Meine Sensationslust freut sich auf das bevorstehende Umpolungsprogramm, während die Leichtigkeit sich für ein Vorstellungsgespräch bei der Systemmanagerin vorbereitet. Die Systemmanagerin koordiniert und organisiert das Zusammenleben meiner Kleingeister. Sie ist immer sehr beschäftigt und gestresst. Sie weiß nicht wie sie auch noch die Leichtigkeit im System unterbringen soll: „Bei all' den Verpflichtungen, dem vollen Arbeits- und Freizeitplan, da ist gar kein Platz für sie." Nach längerem Betrachten meiner allgemeinen Arbeitssituation erkennt die Systemmanagerin jedoch die Wichtigkeit der Leichtigkeit. Also bestellt sie die Leichtigkeit zu sich ins Büro und gibt ihr Anweisungen. „Deine Aufgabe ist es durchs ganze System zu marschieren. Mach' dich breit." Daraufhin packt die Leichtigkeit ihre nötigsten Sachen in einen Rucksack, schnürt sich die Wanderschuhe, stellt sich wieder vor das Büro der Systemmanagerin und wartet auf das Startsignal für ihre bevorstehende Aufgabe.
Nach vielen, wichtigen Telefonaten kommt endlich die Systemmanagerin aus ihrem Büro, um die Startschusspistole abzufeuern. Die Leichtigkeit steht locker in Startposition während die Systemmanagerin

umständlich an der Pistole fummelt. Plötzlich hält sie das Ding in die Luft und schreit aufgeregt: „Auf die Plätze. Fertig. Los."

Peng. Es macht einen lauten Knall. Die Pistole raucht.

Die Leichtigkeit trabt entspannt los. Nach den ersten paar hundert Metern trifft sie auf ihre erste Aufgabe, meine Zartbesaitete. Die da zwitschert: „Es ist einfach unfair. Immer habe ich Schwierigkeiten mit meinen Jobs, egal wie viel Mühe ich mir gebe."

Die Leichtigkeit klopft ihr auf beide Schultern, hinterlässt eine gute Portion Leichtigkeit und wandert weiter. Die Zartbesaitete dreht sich nach ihr um und wundert sich, wer diese nette Person gerade war.

Die Leichtigkeit nähert sich dem Arbeitsfrust, vorsichtig, denn bei ihm brodelt, kocht und zischt es. Der Arbeitsfrust hat eine Riesenwut. Unkontrolliert schießen Flammen aus seinen Ohren und Nasenlöchern. Er grollt: „Das lasse ich mir alles nicht länger gefallen. Mir reichts von diesem Jobchaos. Da mach' ich nicht mehr mit."

Die Leichtigkeit setzt sich zu ihm und fragt: „Was ärgert dich denn am meisten?" Daraufhin poltert der Arbeitsfrust los und spricht sich seinen Frust von der Seele. Die Leichtigkeit hört ihm ein paar Stunden zu und gibt keine schlauen Ratschläge. Daraufhin fühlt sich der Arbeitsfrust besser. Die Leichtigkeit macht sich wieder auf den Weg, weiter durchs System.

Ein neuer Arbeitstag beginnt. Ich schreibe wie üblich Protokolle, tippe Briefe, erstelle Listen und beginne viele Arbeitsaufträge wieder von vorne, weil sich die Chefs nicht einigen können. „Zum Kotzen", sagt meine Arbeitskollegin Eva. Da kann ich nur zustimmen.
„Wie arrogant und ignorant, bist du eigentlich? Sei gefälligst froh, dass du Arbeit hast, ein Dach überm Kopf und genug zu essen", schimpft meine Predigerin.
Mein Weltschmerz meint: „Das wird nie besser mit meinem Leben. Nie bekomme ich, was ich will und brauche. Ich bin einfach falsch und mache alles falsch."
Mein Gemeinschaftssinn leidet ebenso: „Ich hab' es nicht verdient glücklich zu sein, die anderen sind es ja schließlich auch nicht."

Die Leichtigkeit ist inzwischen schon recht weit gekommen im System. Jedoch, plötzlich prallt sie ab. Sie ist gegen den Thron meiner Existenzangst geprallt und sieht nach oben. Berechnend und Angst einflößend sitzt die Existenzangst dort oben und schaut geringschätzend auf die Leichtigkeit herab. Meine Angst hätte gerne die absolute Macht im System, was ihr auch häufig gelingt. Sie schickt saure Botschaften an mich in Form von: „Du schaffst es nicht. Niemals. Du kannst es einfach nicht." Die Bestätigung lässt meist nicht lange auf sich warten und die Angst hat mich nach mehr oder weniger langen Phasen der Glückseligkeit wieder da, wo sie mich haben will, am Schlafittchen. Sie zeigt mir, dass ich der ewige Unglücksvogel sein werde, der immer wieder zu ihr geflogen kommt, um dann in Befürchtungen zu schwelgen, die daraufhin locker und leicht in Erfüllung gehen.

„System, ich habe dich durchschaut." Das denke ich nicht zum ersten Mal. Und trotzdem, alles bleibt beim Alten. Nichts ändert sich.

Meine ehemalige Arbeitskollegin Andrea meint dazu ganz vernünftig: „Arbeit, die Spaß macht und Geld bringt, Familie, Beziehung und Gesundheit, eine dieser Stützen wackelt doch immer. Das ist das Leben. Mal geht es uns damit besser, mal schlechter."

An diesem Punkt stimmen wir jedes Mal überein, wenn wir alles durch diskutiert haben und zu keiner Lösung kommen, warum wir uns immer im gleichen Rad der Berufsschwierigkeiten drehen und uns fragen wie es da raus geht.

Meine Unzufriedenheit hämmert an die Türe. „Ich bin unzufrieden, sehr unzufrieden", schreit sie.

Hinter ihr steht die Zerstörungswut. Sie bläht sich auf und brüllt: „Ich hau' alles kurz und klein. So ein Mist hier, das alles."

Zu dem kommt der Druck auf mich zu getrampelt, sobald ich an Montagmorgen und eine neue Arbeitswoche denke. Er schreit: „Ich bin auch noch da. Du glaubst wohl ich habe mich in Luft aufgelöst? Da irrst du dich gewaltig."

Der Druck und die Ausweglosigkeit sind dicke Freunde. Sie schaffen es manchmal sogar der Angst großen Schrecken einzujagen. Zusammen sind sie bedrohlich auf höchster Alarmstufe und wühlen das ganze System nochmal extra auf.

Mein Arbeitskollege Thilo meint beim Mittagessen: „Du kannst jetzt keine Jobentscheidung treffen, ob kündigen oder nicht. Du brauchst Zeit, bis du eine rationale Entscheidung treffen kannst."

„Zeit. Ich habe überhaupt keine Zeit", kreischt mein Zeitverständnis. Für die Leichtigkeit hat sie auch keine Zeit, weil so viele Probleme dringend und schnell gelöst werden müssen.

Ein Lautsprechergeräusch ertönt. Es knackt und pfeift. „Ruhe", krächzt es mit erkälteter Stimme. Die

Systemmanagerin will Ordnung schaffen und eine Ansage machen. Meine Kleingeister halten kurz inne. Sie lauschen und starren erwartungsvoll zum Lautsprecher. Die Systemmanagerin verschluckt sich an ihrem Halsbonbon und beginnt zu husten.

Daraufhin krakeelen die Kleingeister weiter. Sie zetern, kreischen und diskutieren.

Ich kann nichts tun, außer dem, was gerade ansteht. Das heißt, in die Arbeit gehen, meinen missmutigen Kollegen täglich über den Weg laufen, sich mit meinem eigenen Irrenhaufen duellieren und versuchen nicht davon zu laufen.

Es ist nicht zu fassen. Laut meinen Büchern müsste ich bei so viel Hingabe und Auseinandersetzung mit mir selbst in großer Erfüllung, in Glück, Harmonie, Zufriedenheit und Leichtigkeit versinken.

„Das ist alles eine große Qual", sagt daraufhin meine düstere Seele. Sie balanciert regelmäßig am Rande des Abgrunds, hebt einmal das rechte und einmal das linke Bein, gerät ins Wanken, fällt doch nicht um und kommt wieder in den Stand.

Meine Leichtigkeit ist inzwischen völlig irritiert und hat vergessen, wohin sie eigentlich wollte, wer sie überhaupt ist. Verwirrt bleibt sie vor dem Thron der Existenzangst liegen, wo sie vor kurzem abgeprallt ist. Sie rührt sich nicht und hofft, dass das Chaos um sie herum vorbeizieht.

Unsere Firma feiert Weihnachten. Kleine silber- und pink farbige Lichtkreisel flitzen von der Restaurantdecke über die Wände, hinunter zum Tanzboden und wieder hinauf. Alles scheint sich zu drehen, das Weihnachtsessen, die Tische und meine Kollegen. Die Musik ist laut und der Wein zu viel. In einer Ecke des Restaurants, an einem niedrigen Tisch mit weißer Decke sitzt eine Tarot Kartenlegerin auf ihrem weißen Plastikstühlchen und wartet auf Kundschaft. Ich gehe zu ihr rüber.

Nachdem ich einige Karten gezogen und aufgelegt habe, sagt mir die Dame großen Wandel voraus.

Plötzlich, ein lauter Paukenschlag, gefolgt von Weihnachtstechnomusik. Vier Frauen erscheinen. Sie sind als Nikoläuse verkleidet und beginnen auf Stühlen zu tanzen. Ich drehe mich um zu meinen Arbeitskollegen. Die meisten von ihnen liegen in schwarzer Kleidung auf der weißen Couchlandschaft der Lounge Bar. Sie haben fast alle ein, vom Alkohol entspanntes, Lächeln auf den Lippen. Wir prosten uns gegenseitig zu und bestaunen mehr oder weniger die Nikolausfrauen.

Nach ihnen tritt eine üppige, schwarze Sängerin im knallengen, schwarzen Abendkleid auf. Sie röhrt in ihr Mikrofon. Eine tolle Stimme hat sie. Sie kommt auf mich zu. Ich sitze auf einer Couchkante. Die Frau singt:
„Wunder geschehn. Ich hab's gesehn."
In dem Moment fällt mir das Weinglas aus der Hand und ich vom Sofa.

Zuhause öffne ich noch eine Weinflasche und denke vor mich hin.
Nach all' meinem Streben die passende Arbeitsstelle zu finden, weiß ich immer noch nicht, wo und wie ich mein berufliches Glück finden soll. Ich kann mir meine Sucherei nach dem „Was will ich?" und „Wohin will ich?" an den Hut stecken, ebenso meine diversen Veränderungsversuche.

Meine Lebensmüde, die des Lebens müde ist, ist auch ein Stolperstein auf dem Weg zum Glück. Bei ihr kann das Leben an die Türe klopfen und eindringlich um Einlass flehen, durch das Hinterfenster versuchen einzusteigen oder über den Balkon hochzuklettern. Die Lebensmüde verriegelt alle Schlupflöcher. Ihr gefällt das Leben nicht. Sie will möglichst wenig bis gar nichts damit zu tun haben. Sich auf das Leben einlassen ohne Glücksgarantie kostet ihr den letzten Nerv. Das Leben präsentiert sich zu ihrem großen Ärger mit den immer wiederkehrenden, gleichen Schwierigkeiten. Die Lebensmüde jammert und stöhnt: „Ständig will mir das Leben an den Kragen. Kann es nicht mal leicht und einfach gehen?"

Ich lese, dass man schwere Pakete abgeben kann. Demnach muss der Mensch seine Bürden im Leben doch nicht allein und einsam vor sich hin schleppen. Denn, es gibt eine Macht, die hilfreich ist, größer und stärker als ich. Das hört sich gut an.

In meinem Inneren quietscht etwas. Das Geräusch kommt von einem rostigen, schmiedeeisernen Tor. Es geht ein kleines Stückchen auf. Kurz. Dann knallt es wieder zu. Nach ein paar Minuten macht es wieder einen kleinen Spalt auf. Das Wagnis schaut heraus und überlegt, ob es wagen kann herauszukommen, in der Hoffnung, dass es eine Ordnung zum Wohle der Dinge gibt, eine Kraft, der ich vertrauen kann, die mich beschützt und umsorgt.

„So etwas gibt es nicht, glaub's mir doch endlich", kreischt die Vertrauenslose, meine beste Türsteherin. Wie der schärfste Hund vom Sondereinsatzkommando bewacht sie den Höhlenausgang, hinter dem das Wagnis wohnt.

Mich auf Schutz- und Orientierungslosigkeit einzulassen, beim Verlassen des Gewohnten, ist das große Risiko. Ich weiß ja nicht, was mich erwartet. In Sekundenschnelle kann alles noch schlimmer als vorher sein, dann habe ich Blöde wieder dem Falschen vertraut.

Da nehme ich doch lieber das Jobangebot in der Demokratischen Republik Kongo an. Da weiß ich genau, was mich erwartet. In dem Job geht es darum Schulen für benachteiligte Kriegskinder, nach der Zerstörung der gesamten Infrastruktur, in einem Krisengebiet aufzubauen. „Trinkwasser und Elektrizität sind rar", heißt es in der Stellenbeschreibung. Aufopferungs-, Beratungs- und Managementfähigkeit, ein hohes Maß an Belastbarkeit sowie Ausgeglichenheit und Souveränität sind gefragt. Ich muss nur noch meine Fähigkeiten als Motorradfahrerin verbessern, um von Hütte zu Hütte durch matschiges Dschungelgebiet steuern zu können.

Meine Lebenslust gähnt gelangweilt. Von Desaster Meldungen, Misserfolgen und chaotischen Jobs hat sie die Nase voll. Sie will vor die Türe treten, aufatmen und das nicht im nächsten Krisengebiet.

Das Bedürfnis aus meiner Haut zu fahren, um einem Leben mit echten Veränderungen gegenüber zu stehen, macht sich breit. Die Lebenslust rät mir meinen sieben Chefs die Kündigung vor die Füße zu werfen.

Den Vorschlag finde ich nicht schlecht, jedoch müsste ich mich das erst mal trauen, den alten Job an den Nagel zu hängen ohne zu wissen, was danach kommt und ob überhaupt etwas kommt.

Für mich bedeutet das Ganze ein großes Wagnis, ein Sprung vom 1000 Meter Brett mit anschließend freiem Fall.

Ich sehe probeweise schon Mal nach unten. Da ist nichts, außer Wind und ein paar Wölkchen, die umherziehen.

Kein gemütlich anmutender Landeplatz in Sicht.

Wenn wenigstens nette Jobaussichten oder ein Lottogewinn von da unten zu mir rauf winken würden.

„Urvertrauen, das brauchst du. Das heißt wagen und vielleicht gewinnen", bekomme ich von meiner Freundin Erna zu hören, die schon seit 15 Jahren an der gleichen Arbeitsstelle in einem Versicherungsunternehmen sitzt.

Der einzige Unterschied zwischen einem Mutigen und einem Feigling soll ja sein, dass der Mutige zwar genauso viel Angst wie der Feigling hat, aber dann doch irgendwann springt.

Ich trau' mich aber nicht.

Und so sitze ich weiter am Rand des 1000 Meter Sprungbretts und hadere mit dem Schicksal.

Diese Jobratgeber, die mir Hoffnung machen, dass ich einen passenden Job finden kann, wenn ich nur tief genug grabe, um meine inneren Konflikte zu entdecken, die meine wahren Wünsche verdecken, damit ich herausfinden kann, was ich wirklich will, die helfen auch nichts. Im Laufe der Zeit haben sich zwei Regale gefüllt mit Büchern, Aktenordnern, Konzepten, Plänen und Ideen.

Ich habe zwar einige Antworten gefunden, aber dafür noch ein paar Fragen zusätzlich.

Ich lasse mich von einem ehemaligen Pfarrer berieseln. In seiner CD geht es um die Verinnerlichung, dass das Leben dazu da ist andauernde Freude zu erfahren, Erfüllung und Befriedigung zu finden, indem der Mensch aufspürt und dem folgt, was sein Herz zum Hüpfen bringt.

Das Verbot tatsächlich in diese Richtung zu gehen, steht vor mir mit verschränkten Armen und meint: „Das kann nicht klappen. Das ist unmöglich. Dein Misserfolg ist vorprogrammiert. Du kannst nicht kündigen."

Ich will mich trauen die große Entscheidung zu treffen. Das rüttelt die Ängste und Zweifel hellwach.

Sofort geht das Gekreische der Kleingeister wieder los. Alle wollen mitreden und tun es auch.

Da steht unter anderem ein pausbäckiger Zwerg, der sich gerne und überzeugend als Riese vermarktet und mit sinnigen Argumenten erklärt, warum bestimmte, gefährliche Entscheidungen auf gar keinen Fall in Frage kommen. Lange hat es gedauert, aber ich habe inzwischen erkannt, dass der Zwerg außer heißer Luft nichts produziert. Er geht in die Knie bei Veränderungen und ihm schlottern die Knochen beim Anblick neuer Ufer. Der zum Riesen aufgeblasene Zwerg imponiert mir trotzdem und so bleibe ich Zuhause, im gleichen Job, in der altbekannten Komfortzone, die eigentlich gar keine ist.

Zumindest in Gedanken springe ich schon mal vom 1000 Meter Brett. Auf dem Weg nach unten pfeift mir die Luft um die Ohren und ich zähle mir die bevorstehenden Katastrophen auf: „Alles wird fürchterlich. Hab' ich keinen Job mehr, kann ich mir das Auto nicht mehr leisten, die Wohnung wird auch zu teuer und ich weiß mal wieder gar nichts, außer, dass demnächst der Aufprall kommt."
„Du sollst nicht immer so viel denken", meint mein blauäugiger Lieblingschef und rauscht mit seinem Fallschirm an mir vorbei. Er feilt ausdauernd am wirtschaftlichen Erfolgsfliegen und kennt viele schwindelige Sprungkombinationen.

„Veränderungen, Neuanfang, Traumjob. Was für eine Plackerei", stöhnt die Lebensmüde.
Meine Lebenslust hingegen sammelt eifrig Stellenangebote und Reisemagazine.

Es locken die Vorstellungen altem Trott zu entfliehen, die Aussichten auf Veränderungen und die Lust auf Neues. Letztendlich sind es Neugier und Abenteuerlust, die mich eine Entscheidung treffen lassen.

Ich springe.

Und mein Freund Michael springt mit.

Kapitel 15

Wir kündigen unsere Jobs und unsere Wohnungen.

Wir lagern unser Hab und Gut bei Familie und Freunden
im Keller und auf dem Speicher ein.

Vor unserer Abreise haben sie noch ein paar Fragen an
meinen Freund Michael und mich. Sie wollen
zum Beispiel wissen:

„Wollt ihr wirklich für über ein Jahr auf Weltreise gehen?"

„Ja, so um den Dreh."

„Wie könnt ihr das finanzieren?"

„Das wissen wir noch nicht so genau."

„Und wie sieht euer Reiseplan aus?"

„Das wissen wir. Wir fangen in Neuseeland an."

„Und, danach?"

„Das wissen wir dann wieder nicht so genau."

Manche der Fragenden finden uns mutig, manche können
nicht verstehen, wieso wir so wenig wissen und trotzdem
so lange auf Reisen gehen. Für andere ist es schwer
vorstellbar wie so ein Vorhaben angepackt und geplant
wird und manche denken, wir sind mit großer Dummheit
gestraft. Die meisten aber machen uns Mut und finden
unsere Idee gut. Manche würden sogar gerne mit uns

kommen, wären da nicht der Job, das Haus, die Kinder, der Hund oder ein krankes Familienmitglied.

Es geht los. Wir sitzen im Flugzeug nach Neuseeland. Laut reiseerfahrener Menschen und ihren Berichten sind wir auf dem Weg ins Paradies.
Ich kann immer noch kaum glauben, dass wir tatsächlich eine Weltreise antreten. Während des Flugs sehen wir einen Werbefilm über Afrika und wundern uns, wieso dieses Land nicht zu unseren Reisezielen gehört.
Kurzerhand kommt Afrika mit auf die Liste und wir beschließen nach nur fünf Stunden Flug, dass unsere Reise um ein paar Monate verlängert wird.

In Neuseeland kaufen wir einen gebrauchten, viele Kilometer gefahrenen Toyota Minibus. Wir bauen ihn aus und um. Danach sieht er aus wie einer der typischen Neuseeland Mini-Vans mit Vorhängen und Betten im Laderaum, die meist von Backpackern gefahren werden. Wir erkunden die Nord- und Südinsel mit unserem Mini-Wohnmobil. So viel Freiheit, Natur und „Machen, was wir wollen" gabs das letzte Mal in den Semesterferien zu Studentenzeiten.
Als unser Geld knapp wird, frage ich eine Bed & Breakfast Besitzerin nach Arbeit. Sie kennt einen Mann aus ihren

Chor Stunden, der Mitarbeiter für seine Ferienanlage sucht. Nach einem kurzen Gespräch mit diesem Mann werde ich zur Wwooferin, Willing Worker On Organic Farms. Der Mann ist ein Österreicher, der schon seit vielen Jahren mit seiner Familie in Neuseeland lebt. Von seiner deutschen Frau ist er geschieden, aber mit seiner neuen Schweizer Liebe führt er das Gesundheitsresort weiter.

Ich arbeite als Guest Relation Dame, mixe Empfangscocktails aus Orangensaft und Vanilleeis für die Gäste, bringe sie zu ihren Unterkünften, repariere und verleihe Fahrräder, schrubbe den Pool, zupfe Unkraut, wasche und bügle Wäsche und bin mit den Hausreinigungsdamen auf Putztour im Resort unterwegs. Michael hat dagegen einen Auftrag aus Deutschland bekommen und kümmert sich um technische Konstruktionsbeschreibungen für Obstanlagen.

Am fünften Tag nach unserer Ankunft im Resort findet eine Mitarbeiterbesprechung statt. Es geht um Neustrukturierungen, Änderungen und Verbesserungen. Ich bin gespannt wie das hier in Neuseeland abläuft.

Nach einer Stunde Besprechung ist kurz Pause. In der Toilette treffe ich auf vier Kolleginnen. Sie biegen sich vor Lachen. Sie finden alles Gesagte unglaubwürdig und doof. Das Ergebnis der Besprechung ist, dass der Koch und seine

Frau, die als Masseurin im Resort arbeitet, kündigen. Ebenso zwei Putzfrauen und ein Elektriker. Sie gehen von einen Tag auf den anderen. Das Resort ist jetzt hauptsächlich mit Wwoofern besetzt, die für freie Kost und Logis arbeiten.

Da ist Keiko, eine Chinesin, die nach Gedanken- und Ideenfreiheit sucht, das Nicken und Ja-Sagen in ihrem Land satt hat und nicht mehr ihr Leben in engen Büros und Wohnungen verbringen will. Sie will Erde anfassen und nicht nur auf Beton leben. Eine südamerikanische Professorin hat ihr geraten: „Make changes and travel." Keikos Freunde finden hingegen: „That's a waste of time." Todd, einer der wenigen gebürtigen Neuseeländer im Resort, züchtet neben Schimmel auch erfolgreich Gras in seinem Haus. Er nennt sich selbst „Stoner", weil er so viel Gras raucht. Das Haus in dem er wohnt, befindet sich mitten in der Resort Anlage. Todd ist überzeugt, dass im Resort Kameras versteckt sind, um Material für eine TV-Comedy Show zu liefern. Zusammen mit Paul, auch Neuseeländer, arbeitet er als Hausmeister. Paul lebt im gleichen Haus wie Todd. Er schläft nicht gerne auf Matratzen. So holt er sich alle paar Tage neues Gras, nicht zum Rauchen, sondern von der Wiese, in sein Zimmer als Schlafunterlage.

Beate, eine Deutsche, kam vor drei Tagen aus Australien, denn in Melbourne ist es ihr zu heiß geworden. Sie bleibt die nächsten drei Monate in Neuseeland, um dann nach Australien zurück zu kehren. Dort bekam sie vor Kurzem ein Arbeitsvisum als Krankenschwester, obwohl sie seit 20 Jahren nicht mehr in diesem Beruf arbeitet. Einst ist sie mit der transsibirischen Eisenbahn in die Mongolei gefahren. Dort hat sie in einem buddhistischen Meditationshaus ein Café aufgebaut, um ein paar einheimischen Mongolen außer Alkohol noch etwas anderes zu bieten. Sie hat dort ein Jahr lang für die Gäste gekocht und viel Apfelkuchen und Schokoladen Muffins gebacken. Zu mir meint sie: „Du solltest Ärztin werden. Du kannst gut mit Leuten umgehen."

Lauren kommt aus Dänemark. Sie kam vor einem Jahr mit ihren zwei Söhnen und ihrem Mann nach Neuseeland. Mittlerweile ist die Ehe eine Zweckgemeinschaft und Lauren hat einen anderen Mann gefunden. Ihr Plan ist, ihren Ex-Mann und die Kinder örtlich näher zu ihrem neuen Mann zu locken, damit sie ihn öfter sehen kann. Für ihren Lebensunterhalt putzt sie täglich im Resort.

Steward und Betty, der Koch und die Masseurin, die von einem Tag auf den anderen gekündigt haben, kommen aus England und touren seit zwei Jahren durch Neuseeland. Sie bleiben noch ein, zwei Wochen in der Nähe des Resorts, um sich mit uns Ex-Kollegen am Strand zum Grillen zu treffen.

Tom, der neue Resort Manager aus Niederbayern und Meister der Gastronomie kam einst mit 20 Franken in der Tasche nach Basel. Ein halbes Jahr später war er laut seiner Erzählungen einer der angesagtesten Nachtclub Besitzer der Stadt. Danach besaß er einen Biergarten in Niederbayern und gründete die Bayrische Biergarten Association auf der Insel Ko Samui in Thailand. Er hat drei Kinder von drei Frauen. Eine war russisches Model, eine die Ehefrau von einem Mafia Mann und eine war französische Vietnamesin. Jetzt ist er wieder auf der Suche nach einer Frau asiatischen Aussehens und einem neuen Gastronomie Projekt, möglichst in Kroatien. Bis dahin kümmert er sich um das Resort in Neuseeland und versucht das wirtschaftliche Maximum raus zu holen.

Die meisten der Arbeitenden, die wir im Resort treffen, scheinen in einer Mission unterwegs zu sein. Sie sind alle auf der Suche.

So will Riccardo, ein Wwoofer aus Peru, eine Auszeit haben, um heraus zu finden, wie es in seinem Leben weiter gehen soll. Er hat seinen Traumjob als Pilot zu arbeiten kurz vor Beendigung der Ausbildung an den Nagel gehängt, weil er erkannt hat, dass er unbedingt Vater sein will und das kann er seinem Verständnis nach nicht, wenn er als Pilot arbeitet, weil er dann die meiste Zeit unterwegs ist und keine Zeit für seine Kinder hat.

Liv aus Finnland will sich auf Reisen verlieren, damit sie sich neu finden kann. Eine weitere Wwooferin hat vergessen warum sie überhaupt nach Neuseeland gekommen ist.

Die Gemeinsamkeiten uns arbeitender Reisender lassen sich schnell feststellen. Es geht meistens um die Suche nach Neuanfängen, Inspirationen, Eindrücken, neuen Plänen und Erlebnissen sowie das Entdecken und Vergleichen unbekannter Lebensweisen.

Dabei gehören der lässige Umgang mit Geldknappheit und das Einlassen auf Unsicherheit zu den täglichen Herausforderungen.

Im Gesundheitsresort präsentierte sich Weihnachten auch als eine Herausforderung. Als wir Wwoofer in das Restaurant kamen, um uns über die Reste des Weihnachtsbuffets herzumachen, die aufgetauten Pizzen mit Gemüsebelag, war die Anspannung schon zu spüren. Ein paar der Wwoofer haben es gewagt, zu Recht, sich gegen die unwürdigen Arbeitsbedingungen und Umgangsformen aufzulehnen. Daraufhin wollte der neue Manager sie alle auf die Straße setzen, und das an

Weihnachten. Da war die Tragödie groß und bei den jungen Wooferinnen die Tränen reichlich. Das wars mit dem feierlichen Weihnachtsabend, stattdessen gab es hitzige Diskussionen. Gefeiert haben wir Wwoofer am nächsten Tag am Strand mit Sonne, Bier und Grillfleisch. Bis Sylvester sind noch ein paar von uns geblieben.

Zum Jahreswechsel war zunächst allgemeiner Arbeitseinsatz angesagt wegen großem Buffet für die Gäste, wieder mit anschließendem Resteverzehr durch die Angestellten. Diesmal verlief alles friedlich. Nach dem Essen folgte ein Strandspaziergang, eine nette Feier im kleinen Kreis, ganz ohne Drama, mit Feuerwerk schaun' und einem guten Rutsch ins neue Jahr.

Plötzlich gab es Geschrei. Es kam vom Wellness Bereich. Dort unten standen ein paar aufgebrachte Kollegen um einen jugendlichen, spindeldürren Riesen, der sich im Wellness Bereich verirrt hatte und ganz offensichtlich mächtig unter Drogen stand. Kaum wissend was er tut, hat er die Räumlichkeiten verwüstet. Überall hat er mit rotem Nagellack herum geschmiert, so dass es aussah, als ob er bluten würde. Er hat sich sogar in Patientenakten eingetragen und seine Beschwerden formuliert: „A thousand ants are running through my body." Im Computer hat er nach Rugby Spielern gegoogelt und wollte sich mit Freunden über Facebook austauschen. Nebenbei hat er

Tampons gefunden, sie aufgerollt und mit anderem Papierkram quer über den Boden verteilt. Er war nicht aggressiv, nur total durchgeknallt. Der herbeigerufene Resort Manager Tom aus Niederbayern hat die Lage als sehr gefährlich eingestuft und den Jungen mit einem heftigen Schlag in Türstehermanier niedergestreckt. Die Polizei wurde alarmiert. Nach etlichem Hin und Her wurde der Junge erst ins Krankenhaus und dann in die Psychiatrie geschafft, um auszunüchtern.

Außer einem zerbrochenen Glastisch ist während der ganzen Aktion kein größerer Sachschaden entstanden.

So schön wie es hier landschaftlich ist, so kurios sind die Dinge, die hier im Resort passieren. Einerseits abenteuerlich, andererseits nichts zum langen Verweilen.

Ein paar Tage später, während ich Fenster im Restaurantbereich putzte, fragte mich ein Gast: „How is it to work in paradise?"

Daraufhin antwortete ein anderer Gast für mich: „There is no work in paradise."

Mit dieser Erkenntnis und einer weiteren, dass ich nicht für die Rettung des Resorts zuständig bin, packen Michael und ich unser geringes Hab und Gut in den Mini-Bus und machen uns aus dem Staub.

Nach fünf Monaten Neuseeland, inklusive heftigem Erdbeben, fliegen wir nach Hongkong und fahren von dort mit dem Zug weiter.

Kapitel 16

Unser Zug ruckelt und rattert vor sich hin. Er bringt uns durch China nach Vietnam. Wir sitzen in einem Holzbettenabteil, das wir mit zwei chinesischen Anthropologie Professoren teilen. Sie sprechen Englisch. Es ist angenehm sich wieder unterhalten zu können, da wir die chinesische Landessprache samt Schilder und Hinweise nicht lesen oder verstehen können. Die zwei Professoren erzählen uns von ihren Recherchearbeiten in abgelegenen chinesischen Dörfern, die es gilt zu erhalten und zu schützen. Sie arbeiten beide für die chinesische Regierung. Sie erstellen Zustandsbeschreibungen, erfassen Situationen von kulturellen, chinesischen Problemfällen, schreiben Artikel für die Regierung und unterrichten an Universitäten. Wir fragen sie nach der Situation in Tibet. Sie meinen, dass dort alles in Ordnung sei und es keinerlei Probleme gäbe. Von einer Einreisesperre für ausländische Touristen und Gewalttätigkeiten gegen Tibeter hätten sie nichts gehört.

Bis es dunkel wird, ziehen am Zugfenster Hochhäuser, kleinere Städte, immer im gleichen Beton Baustil, und dazwischen ein paar ländliche Gegenden mit Feldern, Bananenstauden und verfallenen Gartenhäuschen vorbei.

Alles sieht recht grau in grau aus und erinnert mich an eine frühere Reise durch europäische Ostblockländer.

Sogar unsere Zugtickets erinnern an Ostblockzeiten. Sie sind in Russisch und deutscher Beamtensprache geschrieben. Danach sind wir auf der 1. und 2. Buchungsfahrt mit der Referenznummer 23 und 24 unterwegs.

Im ganzen Zug wird heißes Wasser in Kannen verteilt. Ein australisches Ehepaar hat uns geraten Tütensuppen mit auf die Fahrt zu nehmen und nicht zu vergessen im Bahnhof Klopapier zu kaufen, weil es so was im Zug nicht gibt. Wir teilen unsere Tütensuppen mit den Professoren.

Am nächsten Morgen, noch bevor ein Bahnbeamter zum Aufwecken ins Zugabteil kommt, sitzen die beiden Chinesen frisch und aufrecht auf ihren Bettkanten. Sie begrüßen uns freundlich lachend zum Tagesbeginn, zupfen noch mal Laken und Decken ihrer Pritschen zurecht und sind fertig zum Aussteigen.

Michael und ich hangeln uns derweil verschlafen von den oberen Betten herunter, packen eilig die Rucksäcke und folgen den Professoren in den Bahnhof.

Es ist sechs Uhr morgens.

Die beiden Anthropologen zeigen uns den Weg zu den Schaltern, wo wir die Zugtickets für die Weiterfahrt nach

Vietnam kaufen können. Von dort geht es über Myanmar und Thailand nach Singapur.

In Singapur wird es wieder höchste Zeit unsere Reisekasse aufzufüllen. Während Michael sich nach anstehenden Projekten in einer deutschen Firma erkundigt, suche ich nach einem Job als Englischlehrerin.

Hilfe bei der Jobsuche bekomme ich von Mimi. Sie ist die Schwester einer der Mönche bei denen wir in Myanmar wohnten. Sie arbeitet als Krankenschwester in Singapur. Als wir sie treffen, wird Singapurs Atmosphäre gleich viel wärmer. Mimi strahlt das herzlich warme Myanmar Flair aus. Uns zu helfen, sieht sie als ihre Mission. Zuerst kauft sie uns eine Handykarte zum Telefonieren in der Stadt, als Einstandsgeschenk. Dann steckt sie mir die Telefonnummer von Mister Lim Wu zu, einem chinesischen Jobagenten. Am gleichen Abend sehen wir uns ein Zimmer bei einer ihrer Freundinnen im Randbezirk von Singapur an. Die Wohnung liegt im 23. Stock. Dort könnten Michael und ich für zwei Wochen ein Zimmer mieten.

Nach etwas holpriger Terminvereinbarung treffe ich Mister Lim Wu in seinem Büro.

Er meint: „A job? No problem. For this short time I can find you something as English teacher in a Kindergarten."

Allerdings muss er erst noch mit der Kindergarten Leiterin sprechen.

Bis es so weit ist, suche ich nach weiteren Finanzierungsmöglichkeiten und besuche eine Geschäftspräsentation von Rahzia. Sie ist eine Arbeitskollegin von Mimi.

Zuerst geht es in dem Vortrag um Trillionen, Billionen, Millionen, Villen und Sportwagen und wie all' das mit einem locker, leichten Job, nämlich mit dem Verkauf von organischen Gesundheitsprodukten weltweit, verdient werden kann. Einer der Redner bricht vor dem Publikum in Tränen aus, als er berichtet wie er endlich seinen Lebensweg und seine Berufung gefunden hat, indem er sich der Firma und ihrem Verkaufssystem voll und ganz mit all' seinen Talenten verschrieben hat.

Am Ende der Veranstaltung stellt mich Raziah ihren Kollegen vor. Sie nehmen mich zwar etwas aufdringlich in die Zange, bleiben aber dabei asiatisch höflich. Sie lachen mich unaufhörlich an, sehen mir interessiert von unten in die Augen und zupfen ständig, aber nur leicht, an meinen Ärmeln. Sie wollen wissen, warum ich nicht willig bin für ihre Firma weltweit erfolgreich zu arbeiten? Der Älteste unter ihnen versucht mich zu locken mit: „You know everyone that works for us becomes beautiful and looks younger, because of our amazing products."

Da ich nicht so recht auf mein verbesserungswürdiges Aussehen anspringe, meint er: „Money, don't you like to have much money?"

„No, I am not interested in money", sage ich. Der Mann zuckt kurz zusammen, als hätte er sich verbrannt oder könnte nicht glauben, dass ein Mensch nicht an Geld interessiert ist.

Er versucht weiter meinen Antriebspunkt für den Verkauf seiner Gesundheitsmittel zu finden: „But freedom, don't you like freedom?", fragt er. „Sell our products and you can travel around the world for free." Bei diesem Argument komme ich etwas ins Nachdenken.

Jedoch, Rahzia packt mich am Ellbogen. Sie findet, dass ich zu uneinsichtig für dieses Jobangebot bin und steuert mit mir auf den Ausgang zu. Kurz davor steht eine Frau auf Position. Sie stellt sich als Miss Singapore vor. Sie zwinkert mich mit ihren langen, aufgeklebten Wimpern an und beteuert wie erfolgreich und wirksam die vorgestellten Produkte sind. Da ich mich auch nicht von Miss Singapore ködern lasse, beschließt Rahzia endgültig mich hinunter auf die Straße zum Taxi Stand zu begleiten.

Sie nutzt die Gunst der halben Stunde des Wartens, um mir nochmal die Vorzüge der gesunden Mittelchen zu erklären. Sie findet auch, dass ich unbedingt diese Produkte verkaufen sollte.

Endlich ist ein Taxi frei und bringt mich weg von der geschäftstüchtigen Krankenschwester und ihren Kollegen. In Singapur scheint sich alles um Geld zu drehen.

Amin, ein Freund von Michael, der schon zehn Jahre hier lebt, weiß: „Singapur ist eine Stadt der Reichen und Schönen. Hier geht es um Geld haben oder Geld machen. Entweder du verwirklichst eine neue Geschäftsidee oder du machst etwas, was es schon gibt, aber das besser als alle anderen."

Die Geld- und Prestige Affinität der Leute scheint in dieser Stadt besonders ausgeprägt zu sein. Das zeigt sich auch in den Buchläden. Auf der Suche nach einem Afrika Reiseführer finde ich Regale voll mit Büchern zu den Themen: Finance, Investment, How to become successful, Improve your emotional and spiritual intelligence, Big in Business, The leader in you etc.

In Zeitungen forsche ich weiter nach Stellenangeboten. Beim Durchstöbern finde ich mit der Zeit heraus, dass in Singapur wahrlich viele Englischlehrer gesucht werden. Die meisten der verlangten Ausbildungsstandards kann ich allerdings nicht erfüllen. Ebenso sind Lehrer gefragt, die zum Beispiel „social skills classes" unterrichten sowie die gängigen Fächer wie Mathe, Biologie und Kunst. Auch wichtig zu sein scheint Violine und Klavier zu spielen, als auch die Konzentration auf Teamarbeit mit „emphasis on academic achievement and leadership focus". Und das bereits für Sechsjährige.

Kinder haben in Singapur offensichtlich volle Terminkalender, in denen Zeit zum Spielen selten vorgesehen ist.

„Children's playgrounds in Singapore are empty", erzählt mir eine Verkäuferin eines Getränkeladens. Sie ist neugierig und will wissen, nach welchen Stellenangeboten ich in der Zeitung suche.

Hier ist es anscheinend normal, dass Eltern ihre Kinder, auch in den Ferien, durch tagesfüllende Erziehungs- und Lernprogramme schicken. „Mostly drunk and desperate people are hanging out at the playgrounds now", berichtet die Verkäuferin.

Kinder wie Erwachsene sind dem gleichen System ausgesetzt. Die einen sitzen stundenlang hinter ihren Lehrbüchern und die anderen hinter ihren Geschäftsbüchern.

Ein spanischer Restaurantbesitzer, den wir in der Orchard Road, einer Shoppingmeile der Stadt treffen, berichtet, dass er sein Heimatland Spanien verlassen hat, weil ihm der Stress dort zu viel geworden ist. Über Singapur berichtet er: „But here it's even worse. I work seven days a week, 20 hours a day. No time to meet friends."

Mittlerweile hat er die Nase voll von Singapur und will

wieder nach Hause, aber dafür muss er noch ein paar Jahre gutes Geld verdienen, damit er sich dann gemütlich im spanischen Zuhause niederlassen kann.

Ebenso treffen wir Leute, denen diese Arbeitswelt viel Spaß und Erfüllung bringt. „I love it", sagt Udo, ein deutscher Industrieller, der Hafenkräne für Asien produziert. Er arbeitet nach dem olympischen Prinzip „höher, weiter, schneller". Er hat keine Angst vor großen Geldmengen, Verlust oder Risiko. Er will etwas Bedeutendes schaffen.

Die Chinesen bringen außer den üblichen olympischen Prinzipien noch Genügsamkeit und „Chinese Talk" mit weit und sehr gut vernetzter Kommunikation ins Spiel. So sind sie auch hier in Singapur als Macher und oftmals reiche Leute bekannt.

Udo erzählt: „Die Chinesen beten zu einem Gott und der heißt Geld."

Dagegen diskutieren wir Reisenden aus der westlichen Welt, wenn wir aufeinander treffen, viel über Werte wie Langsamkeit, mehr Zeit haben und Einfachheit. Im Westen erreichen scheinbar zunehmend mehr Menschen den Punkt, wo ihnen der hohe gesellschaftliche Stellenwert von Arbeit und Geld nicht mehr so viel bedeutet wie noch früher. Den Spruch „Geld und Arbeit ist nicht alles" höre ich oft.

Von Dr. Lim Wu bekomme ich eine Absage für den Kindergartenjob. So reisen Michael und ich weiter nach Malaysia. Dort auf Jobsuche komme ich erst zu Maras Sausage Café, dann zum Discovery Café und zur Raggae River Bar, um dann bei der International School of Melaka vorzusprechen. Es ist die erste „green school" von Malaysia.

Die Direktorin lädt mich zu einem Bewerbungsgespräch ein. Sie zündet zwei Räucherstäbchen an und erklärt mir, dass sie und ihre Kollegen es als ihre Mission sehen die kreative Entwicklung ihrer Schüler zu fördern. So bieten sie beispielsweise Organic Farming Stunden an statt reinem Biologie Unterrich, und Camping Ausflüge statt dem herkömmlichen Sport Unterricht. Meine Aufgabe soll sein mich um die Camping- und Outdoor Angebote für die Schüler kümmern.

Am nächsten Tag treffe ich mich mit der stellvertretenden Schuldirektorin Debbie und dem Marketing Spezialisten Matt aus Australien zu einer Besprechung. Wir wollen gemeinsam herausfinden wie wir möglichst viele Kinder dazu bewegen können sich für die „grüne Schule" anzumelden. Es gibt noch Platz für etwa 800 Schüler. Aus Singapur reisen bereits sporadisch Schulklassen in Bussen an, um Würmer bei der Arbeit im Erdreich der Schulfarm zu beobachten, Ziegen und Hasen zu streicheln und sich Hühner anzusehen. Mit so viel Natur kommen die Schüler aus Singapur mittlerweile selten in Berührung.

Matt, der sich auch gerne Mad Matt nennt, weil er eigentlich Komiker und Schauspieler ist, hat eine Idee nach der anderen und ist fasziniert von seinen eigenen Gedanken und Wortspielen, während Debbie schweigend neben ihm sitzt und ihren Tee trinkt. Viel zahlen kann mir die Schule nicht. Mein Verdienst liegt unter dem gängigen Lohn der einheimischen Putzfrauen, aber eventuell können Michael und ich kostenlos in einer Wohnung auf dem Schulgelände leben.

Nach drei Wochen klärt sich die Lage. Die Wohnung ist doch nicht bewohnbar und das Schulprojekt löst sich geheimnisvoll in nichts auf.

Um die Reise weiter finanzieren zu können, überweise ich das restliche Geld meines Sparkontos, das für die ersten Monate des Nachhause Kommens gedacht war, auf mein Reisekonto.

Ich gehe von der Bank auf die Straße, noch in Gedanken versunken. Da rast ein Mopedfahrer auf mich zu und entreißt mir meine Tasche mit dem Geld, dass ich soeben vom Bankautomaten abgehoben habe.

Zum ersten Mal seit Reisebeginn habe ich das Gefühl ich will sofort nach Hause.

Kapitel 17

In Kenia holen uns Pfarrer Wasike und seine Frau Eliafura am Flughafen von Nairobi ab. Mehrere Monate werden wir in ihrer Schule im Westen von Kenia in der Nähe von Lake Victoria arbeiten. Michael soll Fotos für die Schul Homepage machen und mit einheimischen Frauen Technik Workshops durchführen. Meine Aufgabe wird sein die Schulkinder mit Sport- und Englischunterricht auf Trab zu halten.

Wir suchten lange, bis wir eine Möglichkeit fanden für freie Unterkunft und Verpflegung in Afrika zu arbeiten. Es werden zwar unzählige Volunteer Jobs angeboten, jedoch können sie für zwei Wochen bis zu 2.000 US Dollar und mehr kosten, je nachdem, was für Freizeitangebote in den Arbeitspaketen enthalten sind. Manchmal sind keine Freizeitangebote enthalten und das Arbeiten in der Waisenschule, im Kindergarten oder auf der Farm kostet trotzdem Geld, weil es ein soziales Projekt ist. Die Teilnehmenden können nicht nur mit ihrer eigenen Arbeitskraft, sondern zusätzlich auch mit Spenden ihrer sozialen Einstellung Ausdruck verleihen. Mit dieser Geschäftsidee konnten wir uns nicht so recht anfreunden und haben deshalb mit viel Ausdauer nach einer

Gelegenheit gesucht, wo wir fürs Arbeiten eine kleine Entlohnung bekommen.

Im Haus von Wasike und seiner Familie erfahren wir von seinem Schulprojekt für arme und elternlose Kinder, von verschiedenen internationalen Unterstützern und von seiner Projektmanagerin Nina, die von Deutschland aus Struktur und Organisation der Projekte leitet, obwohl sie noch nie zuvor in Afrika war.

Wasike berichtet von einem europäischen Unternehmen, das die Gehälter seiner Lehrer finanziert.

„You people give us ideas and bring us knowledge", sagt Wasike. Er wünscht sich, dass Michael und ich uns mit Rat und Tat in seine Projekte einbringen.

Er erklärt, dass seine Schule in einer ländlichen Gegend liegt, wo Traditionen noch wichtig sind. Er meint: "This school is not heaven. It is in the mud and people can be very traditional." So sind viele der Jungen und Mädchen, die in seine Schule gehen die erste Lerngeneration. Ihre Eltern und Großeltern haben nie die Schulbank gedrückt und die Mädchen sowieso nicht. Der Platz der Frauen ist immer noch hauptsächlich in der Küche. Bis vor kurzem war es noch verpönt, dass Frauen Hosen tragen. In den großen Städten sei das inzwischen anders.

In Nairobi steigen wir mit Wasike, seiner Frau und den vier Kindern in einen Bus, um ihre Schule auf dem Land zu erreichen. Nach sieben Stunden Fahrt kommen wir in einen lang gezogenen Ort, durch den eine asphaltierte Hauptstraße mit großen Löchern verläuft. Es gibt eine Polizei Station, ein Krankenhaus, eine Bücherei, zwei Schulen und vier Kirchen. Der Ort ist bekannt als ein Wohnort für Lehrer, Polizisten und Krankenschwestern. Von der Asphaltstraße gehen matschige Lehmstraßen ab. Unser Weg ist rutschig und schmierig. Die Schuhe gewinnen mit jedem Schritt an Gewicht, da der Lehm hartnäckig unter den Sohlen kleben bleibt und sich auftürmt. Wir stapfen an Maisfeldern und Lehmhäusern vorbei. Die Kinder rufen „Musungo, Musungo." Das heißt: "Fremde, Fremde." Manche wollen wissen: „How are you?" Andere brechen bei unserem Anblick in Lachen aus oder sie laufen davon. Eliafura bereitet uns darauf vor, dass es ein paar Wochen dauern wird, bis sich die Menschen hier an uns gewöhnt haben. Bis dahin werden wir noch oft „Musungo" und „How are you?" hören.

Wir kommen an der Schule vorbei. Es ist ein Lehm Haus. Die Fensterläden und Türen sind hellblau gestrichen. Sie stehen offen. Wir hören Kinder- und Lehrerstimmen aus den vier Klassenzimmern. Nur 50 Meter von der Schule entfernt steht ein unverputztes Ziegelsteinhäuschen, unsere

Unterkunft für die nächsten Monate. Das Haus wurde vor zwei Tagen fertig gebaut. Der Boden ist noch nicht ganz trocken. Eliafura, Michael und ich sind die ersten Bewohner. Noch gibt es kein Wasser, keine Elektrizität und keine Möbel. Wir leihen uns zwei Kübel und einen Kanister von einer Nachbarin aus, um Wasser auf Vorrat zu sammeln.

Eine Gruppe Kinder hängt über dem Zaun hinter der Küche und dem Zimmer, wo Michael und ich einziehen. Die Kinder stehen auf einem Ziegelstein Haufen und spähen durch die Fenster. Jedes mal, wenn sie uns in Küche oder Schlafzimmer erblicken, beginnen sie zu kichern und rufen „Musungo".

An meinem ersten Schultag ist Unwetter. Es donnert und regnet heftig. Der Regen macht einen Riesenkrach auf dem Wellblechdach der Schule.

Eigentlich wollte ich Bewegungsspiele auf dem Schulhof, beziehungsweise dem Schulacker, veranstalten. Der heftige Regen macht das allerdings unmöglich. Im Klassenzimmer kreischen und toben die Schüler. Ein paar klettern die Holzstreben an den Lehmwänden nach oben. Finger werden gequetscht, weil ein paar Schüler Fensterläden auf- und zuwerfen. Die Kinder raufen und hauen sich, andere stehen heulend in der Ecke. Ein paar hängen an meinen

Armen und Händen und wollen mich nicht loslassen, weil sie wahrscheinlich noch nie zuvor eine weiße Fremde gesehen und angefasst haben. Teilweise spucken sie mir auf die Haut und versuchen die weiße Farbe abzuwischen. Sie sehen erstaunt aus, dass die Farbe bleibt und darunter keine schwarze Haut zum Vorschein kommt. Einer der Schüler rubbelt ausgiebig mit seinem Pulli. Er sieht nach, ob sich meine Hautfarbe verändert hat. Nein, nur rot. Er rubbelt weiter.

Ein anderer Schüler hält meine Hand und streicht sie andächtig über sein Gesicht. Ein paar Mädels stehen auf der anderen Seite und halten mich am Arm. Sie sehen und fassen mich an wie ein ungewöhnliches Tier, das ihnen nicht ganz geheuer ist.

Da es in dem Klassenzimmer weiter drunter und drüber geht, stürze ich irgendwann aufgeregt in das Zimmer der drei Lehrerinnen Meave, Metrine und Molly. Sie sitzen ruhig in einer Ecke zusammen und unterhalten sich, während die Schüler der Klassen eins, zwei und drei in ihren Klassenzimmern umhauen, dass die Lehmbrocken aus den Wänden fliegen.

Ich informiere die Lehrerinnen, dass ihre Schüler jeden Moment durchdrehen. „They are going crazy. They are hitting and fighting each other", berichte ich.

Daraufhin meint Molly gelassen: „Yes, they always do that when they are left alone. Come and sit with us."

Mich hinsetzen, jetzt? Das kann ich nicht.

Ich laufe zurück, über den Schulhof, in das Schulzimmer, wo es am ärgsten zugeht.

Während meiner ergebnislosen Versuche wild gewordene, afrikanische Kinder in Schach zu halten, bimmelt ein Schüler die Schulglocke.

Der Regen hat aufgehört. Die Kinder stellen sich draußen vor der kenianischen Flagge, zwischen den Reihen von Blumenbeeten auf, zur Abschlussrede des Tages. In braun-beige-weiß karierter Uniform, die teilweise sehr löchrig ist, stehen sie da, der Größe nach geordnet. Die Kleinsten sind in den vordersten Reihen, die Größten ganz hinten. Zusammen sind es etwa 200 Schüler. Die, bei denen das Hemd aus der Hose hängt oder der Blusenkragen unordentlich aussieht, zupfen sich noch schnell zu recht. Schmutzige Hemden werden in schmutzige Hosen gestopft und mit schmutzigen Händen werden weiße Blusenkragen glatt gestrichen. Dann stehen sie aufrecht da und sind leise. Vor ihnen steht Lehrer Calvin, der die Truppe in lautem, abgehacktem Ton fragt: „How are you?"

Im Chor antworten die Schüler laut und ebenso militärisch abgehackt: „We are fine. Thank you teacher Calvin. How are you?"

„I am fine. Thank you", antwortet Lehrer Calvin.

Er gibt den Schülern Anweisungen für den nächsten Tag. Sie sollen pünktlich um halb acht Uhr morgens wieder anwesend sein, zur Schule rennen und nicht gehen, weil sie sonst anfangen zu trödeln und zu spät kommen. Außerdem sollen sie Wasser mitbringen und heute Abend die Uniformen und sich selbst waschen. „And tell your parents that we greet them and love them", sagt Lehrer Calvin am Ende seiner Ansprache.

Dann entlässt er die Schüler nach Hause. Die rennen und kreischen wieder los und verschwinden vom Schulhof.

Die ersten Tage in der Schule ist es Michael und mir kaum möglich, das zu tun, weshalb wir gekommen sind. Sobald Michael seine Kamera zum Fotografieren raus holt, stürzen sich so viele Kinder vor die Linse, dass er kein Foto machen kann. Nicht nur ein paar Kinder turnen vor seiner Kamera herum, sondern an die 20 Schüler werfen sich wie Rugby Spieler zu einem Haufen übereinander und drängeln sich zum Fotografieren. Danach wollen sie alle gleichzeitig ihre Fotos sehen. Michael ergreift erzieherische Maßnahmen und lässt sie in einer Reihe anstellen, was für sehr kurze Zeit funktioniert. Kommen uns die Lehrer zu Hilfe klappt es besser. Bei ihnen reichen meistens ein paar Kommando Töne und die Schüler sammeln sich wieder.

Für uns, als Fremde und dann auch noch Weiße ist das teilweise unmöglich zu erreichen. Besonders mit den Kleinen ist es schwierig, weil sie uns ständig einkreisen und festhalten, unsere Haut betasten, daran riechen und sie streicheln.

Während meiner Sport Stunden versuche ich Ordnung und Struktur spielerisch zu erreichen. Das ist eine Herausforderung. Vor allem, wenn etwa 60 Schüler unterschiedlichen Alters gleichzeitig vor mir stehen.

Ein paar Mal schaffe ich es Staffelgruppen aufzustellen, um Sackhüpfen, Wasser schöpfen oder Laufen mit Teddybären zu spielen. Die Kinder klatschen und kreischen und jede Gruppe will erste sein. Ihre lachenden Gesichter und ihr Ehrgeiz schnell zu sein, mal barfuß, mal in Gummi- und manchmal auch in Pelzstiefeln, sind bewundernswert und machen gute Laune trotz des Chaos rundherum. Bei dem ganzen Eifer rutschen die Gruppen näher und näher, bis wieder alle durcheinander stehen. Ich weiß längst nicht mehr, wer zu welcher Gruppe gehört. Die Kinder schon. Sie rennen und rennen. Letztendlich den Sieger ausfindig zu machen, ist schwer, weil auch sie irgendwann die Übersicht verlieren und natürlich wild zu diskutieren beginnen, welche Gruppe gewonnen hat.

Wir beginnen wieder von vorne. Wieder Aufstellung der Gruppen, nur diesmal sehr weit auseinander. Es dauert nicht lange, dann sind wieder alle Gruppen in einem großen Haufen vermischt.

„Africans like to mingle", erklärt mir Eliafura.

Den Kindern gefällt der Sportunterricht, auch wenn ich versuche Ordnung zu schaffen. Oft muss ich brüllen, damit mir überhaupt jemand zuhört. Mit Seilen ziehe ich Grenzlinien, die niemand überschreiten darf beim Staffellauf und ich laufe mit, um das Geschehen etwas zu lenken. Meine Kolleginnen finden es komisch, dass ich barfuß mit den Kindern über das Schulgelände laufe. Barfuß ist das Symbol für Armut. Die Lehrerinnen hier haben immer frauliche Absatzschuhe und ein Kostüm an, auch im Sportunterricht.

Nach dem Unterricht spielen die Kinder in der großen Pause Staffellauf nach ihren eigenen Regeln. Die Großen übernehmen das Kommando. Sie stellen Ordnung auf ihre Art her. Dabei sind sie nicht zimperlich. Da werden Haare gezogen, mit Gummischuhen auf Popos geklatscht, Kopfnüsse verteilt und Reihen gebildet mit viel Geschubse. Weder, die die austeilen noch die, die einstecken, sind besonders wehleidig. Rauer Umgangston ist nichts worüber man sich aufregt.

Mit dem Seil, das Michael in eine der Spiele Stunden mitbringt, wird zuerst noch Seil gehüpft. Am Ende schleifen sich an die 40 Kinder durch den Staub über den Hof und haben Riesenspaß dabei.

Die Schüler sind jedoch nicht nur wild, sondern manchmal sogar schüchtern und fast unterwürfig. Dann flüstern sie. Zum Beispiel, wenn sie die Frage eines Lehrers beantworten sollen oder Durst haben und sich Wasser aus dem Trinkwasser Eimer im Lehrerzimmer schöpfen möchten.

Ich lerne, dass es in der örtlichen Kultur schwierig ist etwas direkt anzusprechen, besonders wenn es um zwischenmenschliche Probleme geht. Direkte persönliche Konfrontation wird möglichst vermieden und Entschuldigungen werden häufig auf Umwegen, über die Mutter, Schwester oder eine vertraute Person, ausgesprochen. Die Schüler sollen aber inzwischen lernen sich persönlich zu entschuldigen.

So kommt es, dass Michael und ich zu den Schulleitern Mr. Samuel und Mrs Margret ins Lehrerzimmer gerufen werden. Dort warten zwei Jungs auf uns. Sie haben vor ein paar Tagen Michaels Basketball aus unserem Schlafzimmer mitgehen lassen. Wir werden gebeten uns hinzusetzen. Mr. Samuel befiehlt den Jungen sich vor uns flach auf den Boden zu legen. Gesichter nach unten. Während sie dort liegen, entschuldigen sich die Lehrer für das Verhalten ihrer Schüler, bitten uns um Verzeihung und unterstreichen wie sehr die Schüler Ehre und Ansehen der Schule geschädigt haben. Dann müssen die Jungs, einer nach dem anderen, sich vor uns hinknien und uns sagen wieso sie den Ball geklaut haben und sich bei uns entschuldigen. Sie stottern und stammeln. Am liebsten würde ich aufspringen, ihnen die Hände schütteln und sie schnell entlassen. Da Diebstahl aber ein großes Vergehen in Kenia ist, muss ich mich zusammenreißen und die Situation ebenso durchstehen. Mr. Samuel fragt Michael und mich, was wir jetzt mit den beiden machen wollen. Normalerweise gibt es bei Klauaktionen Schläge mit dem Stock oder Schulverweis.

Während wir uns darauf einigen die Entschuldigungen anzunehmen, da die Jungs aussehen, als ob sie es ernst meinen, knien sie die ganze Zeit vor uns und sehen furchtbar betreten aus.

Ich bin erleichtert, als Mr. Samuel uns alle aus dieser Situation entlässt, allerdings bin ich mir nicht im Klaren wie ich diese Bestrafungszeremonie finden soll. Hätte ich bloß nicht gesagt, dass ich den Basketball suche.

Um die örtliche Mentalität besser zu verstehen, setze ich mich in den Unterricht der Kinder und höre mir Kiswahili-, Religions- und Geschichtsunterricht an.

Ich lerne ein paar Worte in Kiswahili und im Religionsunterricht erfahre ich wieso in den Kirchen so ausgelassen und laut gefeiert wird. Der Grund ist, dass die Bitten an Gott und Jesus mit Tanzen, Klatschen, Singen und lautem Gebet am besten erhört werden. Je lauter und hingebungsvoller, desto erfolgreicher. Das wird im Religionsunterricht trainiert. Lehrerin Meave sagt zu ihren Schülern: "If you cannot sing, clap your hands. If you cannot clap your hands, read the bible. If you cannot read, dance. If you cannot dance, pray. And if you cannot pray, then laugh."

Im Geschichtsunterricht erfahre ich von der Stammes- und Clankultur der Kenianer. So hat anscheinend jeder Stamm beziehungsweise Clan seine eigenen Gepflogenheiten und Regeln. Demnach sind beispielsweise die Leute um den Turkana See dafür bekannt sehr eigenwillig zu sein. Sie laufen meist nackt durchs Land, kümmern sich um ihr Vieh und tragen schwere Schusswaffen bei sich, um sich vor Dieben zu schützen und vor ugandischen Grenzübergängern, die ihre Frauen klauen wollen. Sie selbst sind jedoch auch gerne als Vieh- und Frauendiebe unterwegs.

Auf einem Spaziergang nach der Schule begegnet mir ein Mann, der mich fragt: "From which clan are you?"

187

Ich überlege, was ich ihm antworten soll. Ich habe noch nie darüber nachgedacht, dass ich zu einem Clan gehören könnte. Und wenn, zu welchem?

„I am from the Bavarian clan", sage ich.

Er überlegt und antwortet: "I never heard of this clan, but I guess you are good company." Daraufhin nimmt er seinen Sohn auf den Arm und begleitet mich ein Stück des Weges. Seine Frau wartet auf die beiden vor einer Lehmhütte. Der Mann stellt mich seiner Frau vor und seinen anderen beiden Söhnen. Er lädt unbekannterweise Michael und mich ein sie zu besuchen, wann immer wir Zeit und Lust haben. Das machen hier viele Leute. Sie bleiben stehen, schütteln die Hand und laden zum Besuch ein.

Nach vier Monaten Dorf- und Schulleben in Kenia geht unsere Reise weiter.

Kapitel 18

In Tansania treffen wir den Taxifahrer Maxi. Ich frage ihn, ob er jemanden kennt, der uns zum Arbeiten brauchen könnte. Erst schaut er etwas ungläubig drein, dann überlegt er und hat plötzlich ein verschmitztes, etwas betretenes Lachen im Gesicht.

Er weiß eine Farm, wo wir arbeiten können. Die Farm gehört seinem Vater Baba Daniel. Maxi nimmt uns mit in eine Kneipe. Bei einem Getränk erzählt er uns von sich und seiner Familie. Er berichtet wie hart das Leben auf der Farm seines Vaters ist, weshalb er mit 16 Jahren von Zuhause ausbüchste.

Damals kam er nach Arusha, brachte sich selbst Englisch schreiben und sprechen bei und arbeitete dann zwei Jahre als Träger für Bergsteiger Touristen. Er wohnte im Hinterzimmer eines Coffee Shops und hat sich dann im Touristen Business mit einem eigenen Taxi etabliert.

Sein Vater, Baba Daniel, war ein strenger Mann, der früher als Lehrer angestellt war und immer noch als Farmer arbeitet. Maxi erzählt von der Arbeit auf dem Feld vor der Schule, nach der Schule und am Wochenende. „When you are finished with your work at the one end of the farm, then you start all over again where you began a week before", sagt er. Nicht gefallen, hat ihm außerdem das eintönige Essen auf dem Land. Ständig gab es Mais Gerichte, die seinen Magen für drei Tage aufblähten. Frühstück gab es nie. Erst gegen elf Uhr morgens hat seine Mutter Maisbrei mit Milch zur Stärkung auf dem Feld verteilt. Bis dahin hatte Maxi mit seinem Vater und seinen Geschwistern bereits vier Stunden lang den Boden beackert.

„You have to bring something for breakfast. Some nuts or so", rät uns Maxi.

Er kann sich kaum vorstellen, dass es uns in seinem Heimatdorf gefallen wird und wir es mehrere Wochen lang dort aushalten werden.

„You can stay there for a couple days and then run away", schlägt er uns vor und zählt weitere Unannehmlichkeiten auf. So gibt es zum Beispiel im Dorf nur einen Laden, der Softdrinks verkauft, Zucker, Salz und Eier. Andere grundlegende Dinge gibt es auf einem Markt zu kaufen, der drei Kilometer von dem Haus seiner Eltern entfernt liegt und zweimal die Woche stattfindet.

Zur Körperpflege gibt es bei seinen Eltern lediglich Wasser in Kübeln aus dem Brunnen hinterm Haus und keine richtigen Toiletten, sondern Plumpsklos, die außerhalb des Hauses liegen.

Jedoch, und das sieht Maxi als unsere Rettung: „There is a school and a church."

Er meint die Kinder freuen sich, wenn wir sie in der Schule besuchen, ebenso finden wir Unterhaltung in der Kirche und können das dörflich, christliche Leben kennen lernen. „You will survive", meint Maxi dann doch.

Am nächsten Tag holt er uns mit seinem Taxi ab.
Die ersten 20 Kilometer geht es über Asphaltstraßen und die restlichen 30 Kilometer schütteln Schotterstraßen den Wagen durch. Wir kommen an kleinen Dörfern vorbei, an einsam gelegenen, kleinen Häuschen, Maisfeldern, Waldgebieten und trockener Steppenlandschaft. Maxi erzählt wie schwierig es ist in dieser Gegend an Wasser zu kommen. Das Wasser verläuft weit unten im Erdreich. Es braucht tiefe Brunnen, um es nach oben zu holen. Pumpanlagen sind teuer und deshalb nicht häufig in der Gegend anzutreffen. An manchen Dorfplätzen steht ein einsamer Wasserhahn, der einmal die Woche, am Mittwoch, Wasser spendet. Davor reihen sich dann Kübel und Kanister.
Maxi erklärt uns, dass Leute zwei Tage vorher anfangen sich mit ihren Wasserbehältern Plätze zu reservieren. Manche schlafen sogar die Nacht von Dienstag auf Mittwoch vor dem Wasserhahn, um sich einen günstigen Platz zu sichern, damit sie möglichst mit gefüllten Behältern nach Hause kommen.

Wir fahren weiter, vorbei an einem lang gezogenen, zugewachsenen Grundstück. Vor vielen Jahren hat es ein Deutscher gekauft. Er verlegte rundherum elektrischen Zaun und baute ein Haus auf das Anwesen.

Maxi hat sich früher mit seinen Freunden dort verabredet, um zu testen wer sich traut den elektrischen Zaun anzufassen.

Maxi biegt von der Schotterstraße hinter dem Elektrozaun Gelände ab und steuert über eine abgegraste Wiesenlandschaft, unter Bäumen durch, auf ein Haus zu. Davor sitzt ein Mann unter einem Baum.

„That's my Dad", sagt Max.

Baba Daniel ist etwa 65 Jahre, ein großer, breitschultriger Kerl mit Bauchansatz, der uns in sein Haus geleitet. Sein Haus ist nicht aus Lehm gebaut, sondern aus Beton und Ziegelsteinen. Innen ist ein großer Raum mit einer Sitzecke. Sie besteht aus einer kleinen Couch und zwei Sesseln. Dahinter steht ein langer Esstisch aus Holz mit zehn Stühlen und einer Blechschüssel mitten auf dem Tisch.

Mama Maxi kommt herein. Sie ist eine kleine, runde Frau, trägt ein rotes Kopftuch und eine gelb-grau gemusterte Schürze über einem langen Jeans Kleid. Sie lacht uns freundlich an, schüttelt uns die Hände und bringt Teller und Löffel. Sie nimmt Keramik Teller aus einer kleinen

Glasvitrine im Wohnzimmer und legt sie auf den langen Holztisch. Sie hat Makande gekocht, das sind gekochte Maiskörner mit Ingwer, ein paar geraspelten Mohrrüben und Zwiebeln. Dazu gibt es Chai Tee.

Schnell wird klar, dass Baba Daniel das Sagen im Haus hat. Zu seinem 40-jährigen Sohn sagt er streng: „Maxi, sit down and eat."

Maxi will zwar nichts essen, aber er setzt sich mit an den Tisch, während Michael und ich brav unser üppiges Willkommensessen verspeisen.

Wir erfahren, wer noch im Haus wohnt.

Da sind zum Beispiel die drei Enkelkinder Victor, Oliva und God Chance. Victor ist der Sohn der ältesten Tochter Gagsali, die in Dar es Salaam wohnt und ihre jüngste Schwester Sali beherbergt. Ihr Sohn Victor hingegen will lieber auf dem Land als in Dar es Salaam leben und wohnt jetzt mit vierzehn Jahren bei seinen Großeltern.

Kinder leben nicht unbedingt mit ihren Eltern zusammen. Es können auch die Großeltern, Tanten und Onkels sein.

Baba Daniel zeigt uns unser Zimmer. Es hat ein Bett, einen Stuhl, einen Tisch, eine Decke als Vorhang am Fenster, eine Wäscheleine, die quer durchs Zimmer verläuft, und ein paar aufgestapelte, alte Koffer in der Ecke. Durch das

Fenster sehen wir widerkäuende, knochige Kühe und grüne Bäume, die sehr geeignet für gemütliche Schlafpausen im Schatten aussehen.

Am nächsten Morgen beginnen wir mit der Farmarbeit. Baba Daniel nimmt uns mit zum Geräteschuppen. Dort händigt er uns die Jembes aus. Sie haben einen kurzen oder langen Holzstil mit quadratischem Eisenstück am Ende. Damit werden Wiesenstücke ausgehoben, Erde geharkt, Unkraut an den Wurzeln gepackt und Erdhaufen in Reihen angelegt. Die Jembes sind unsere täglichen Arbeitsgeräte. Meistens bearbeiten wir das Feld, genannt „Shamba", direkt hinter dem Wohnhaus. Entweder rupfen wir Unkraut für die Kühe und pflügen anschließend die Erde um oder wir sammeln Steine aus dem Feld und lockern die Erde für die Nutzpflanzen auf. Michael darf mit einem Buschmesser Disteln aus dem Ackerboden entfernen und auch Brennholz hacken. Manchmal müssen wir Baba fast schon beknien, um Arbeit zu bekommen. Denn das Gastgebergesetz des Meru Stammes besagt, dass Besucher nicht arbeiten dürfen. So haben wir erst nach ein paar Tagen Blasen an den Händen.
Meist lässt uns Baba Daniel jeden Vormittag ein paar Stunden arbeiten, bis wir schwitzen. Dann entlässt er uns zum Hände waschen und Maisbrei essen.

Ist sein rheumatisches Knie zu müde zum Gehen, schickt er uns vor zum Haus, während er sich in die Wiese direkt am Wegesrand plumpsen lässt, um ein kurzes Nickerchen zu machen.

Eine Stunde später zum wahren Mittagessen ist er dann wieder anwesend. Meistens gibt es Ugali, das ist eine warme, feste Maismehl Masse mit Sukuma Kraut, das ähnlich wie Spinat oder Grünkohl schmeckt. Ugali Stücke werden in kleine Brocken zerteilt und mit den Fingern gegessen, zusammen mit dem Sukuma Kraut. Manchmal gibt es dazu noch eine scharfe Chilischote von einer kleinen Strauchpflanze hinterm Haus.

Hinter dem Wohnhaus befindet sich auch das Küchenhaus. Dort gibt es vier Feuerholz Stellen, ein wackeliges Regal mit zwei Fächern und ein nach Milch riechendes Schränkchen, in dem bunte Plastikteller, -becher und -schüsseln aufbewahrt werden. Nach dem Mittagessen wasche ich das Geschirr in einer großen, grünen Plastik Schüssel, die auf dem Sandboden vor der Küche steht. Rechts von mir befinden sich in einiger Entfernung die Toilettenhäuschen und links ist ein zwölf Meter tiefer Brunnen aus dem auch die Nachbarn Wasser schöpfen. Direkt an die Küche grenzt das Zimmer, in dem Victor, God Chance und die Kuhhirten Jaffet und Borunwah schlafen.

Außerdem gibt es zwei Hühnerverschläge und Unterstände für Kühe, Kälber, Schafe und Ziegen.

Neben seinem Haus hat Baba Daniel ein kleines Feld mit Zuckerrohrpflanzen, Bananenstauden, Ananas- und Kürbispflanzen, sowie die Gräber seines Sohnes Lazaro und seiner jüngeren Schwester mit Kind.

Die Mais-, Bohnen- und Kaffeefelder liegen dagegen eineinhalb Kilometer entfernt vom Haus. Wir gehen manchmal mit Baba Daniel dorthin, aber weniger zum Arbeiten, sondern um zu sehen wie weit die Pflanzen mit ihrem Wachstum sind.

Abends versammeln sich die Frauen und Mädchen des Hauses zum Kochen. Sobald die zehnjährige Oliva von der Schule nach Hause kommt, wartet Arbeit auf sie. Sie füttert die Hühner, wäscht Geschirr und schneidet Gemüse fürs Abendessen. Mit einer selbstgebastelten Minireibe raspelt sie Karotten. Sie bringt mir Knoblauch, den ich schälen und in einem alten Holzbecher stampfen soll. Danach bekomme ich noch Zwiebeln zum Kleinschneiden. Mama Maxi rührt derweil in einem ihrer Kochtöpfe. Zwischendurch schaut sie immer wieder, ob das Feuer unter den Töpfen noch brennt, nimmt Holzstücke aus den Feuerstellen, tauscht sie aus, hantiert mit heißer Glut, brennenden Zweigen und Holzscheiten. In der Küche steht der Rauch. Er beißt in den Augen. Der Kaminschacht ist verstopft. Wird der Qualm zu dicht, schickt mich Mama Maxi nach draußen. Ich soll abwarten und wieder rein kommen, wenn meine Augen nicht mehr tränen. Sie hingegen bleibt die ganze Zeit in ihrer Räucherbude zum Arbeiten. Wenn sie Chiapati macht, die runden Teilchen, die aussehen wie eine Mischung aus Pfannkuchen und Fladenbrot, gibt es viel zu tun, denn die ganze Familie verspeist an einem Abend um die 40 Stück.

Oliva und ich formen aus Mehlteig kleine Kugeln und formen sie zu möglichst kreisrunden, dünnen Chiapatis. Wenn sie Olivia nicht gefallen, klatscht sie meine Werke wieder zu einer unförmigen Masse zusammen und schiebt mir den Teig zurück für einen neuen Versuch. Ist sie zufrieden, brät sie die Teiglappen in der Pfanne.

Draußen muhen die Kälber. Sie haben Hunger und wollen zu ihren Müttern. Mama Maxi geht raus, melkt die Kühe, um sie dann zu ihren Kälbern zu lassen. Zwei Zitzen am Euter sind für die Milchversorgung der Pallangyo Familie, die anderen zwei sind für das Kalb.

Meistens ist es so dunkel in der Küche, dass wir nur wenig sehen. Das Feuer in den Kochstellen spendet etwas Licht, jedoch nicht genug. Schien tagsüber genug Sonne, reicht die Solarlampe an der Küchendecke als Beleuchtung, aber oft brauchen wir eine Taschenlampe oder meine Stirnlampe, um uns gegenseitig beim Arbeiten zu leuchten. Sind wir fertig mit Kochen, stellt Mama Maxi für Michael, Baba Daniel und mich das Essen auf den Wohnzimmer Tisch. Oliva bringt eine Wasserschüssel zum Hände waschen und Mama Maxi betet für uns. Danach verschwinden die beiden in den Hinterhof. Sie essen draußen mit den Enkelkindern und ein paar Kindern aus der Nachbarschaft. Manchmal kommen noch ein stummer und ein alter Nachbar zu Besuch, um sich ihre Portion Essen abzuholen.

Der Teil des Hinterhofs zwischen Küche- und Wohnhaus ist sozialer Treffpunkt. Dort herrscht stetes Kommen, Sitzen und Gehen. Von dort aus hat Baba Daniel den Überblick. Er kann seine Nachbarn beim Wasser holen aus seinem Brunnen beobachten und sieht seine Kühe beim Grasen und seine Enkelkinder, wenn sie aus der Schule zurückkommen. An diesem Platz trinkt er seinen Chai Tee und hört abends Nachrichten aus dem Radio. Oft sitzen Familienmitglieder, Bekannte und Nachbarn einfach wortlos nebeneinander. Zusammensitzen ist wichtig, Reden nicht unbedingt.

Der stumme und der alte Nachbar lassen sich tagsüber kaum blicken, sondern tauchen erst abends aus dem Dunkeln auf. Der eine nuschelt als Begrüßung so etwas wie „Mpfda" und der andere sagt knapp „Habari", „Guten Abend". Dann suchen sie sich Plätze zum Sitzen und warten auf ihre Essensportion.

Baba Daniel erzählt manchmal Geschichten. So zum Beispiel die von einem Nachbarssohn, der bereits seit ein paar Jahren in Kanada lebt und dort mit einer weißen Frau verheiratet ist. Der Nachbarssohn kam letztes Jahr zu Besuch und berichtete aus seinem Leben in der Ferne: „Everyone works all the time. No one has time. No time for sitting, talking and discussing."

Falls die Satelliten Schüssel mitmacht, gibt es abends Fernsehprogramm. Das kommt aber eher selten vor, deshalb sind Rauschen und schlechte Bildqualität kein Grund zum Abschalten. Ganz im Gegenteil. Fast wie versteinert sitzen die Enkelkinder, Großeltern und Nachbarn vor der kleinen Kiste. Niemand spricht, niemand stört. Unterhaltung in Form von Nachrichten und TV-Soaps werden aufgesaugt wie Chai Tee. Fernsehen ist auch deshalb eine Ausnahme im Haus, weil in diesen Wochen in Tansanias Schulen "national exams" geschrieben werden.

Die Enkelkinder setzen sich nach dem Abendessen ab neun Uhr an den Esstisch zum Lernen. Manchmal kommt ein Nachhilfelehrer für alle Enkelkinder. Die zwei Nachbarskinder Rachel und Pray God sitzen auch dabei. Der Nachhilfelehrer bleibt etwa bis elf Uhr abends.

Schulkinder arbeiten vor und nach der Schule. Sie erledigen Haus- und Hirtenarbeiten. So holen sie beispielsweise Wasser, bringen Kühe, Schafe und Ziegen raus, sprühen Insektenmittel, reparieren Fahrräder und putzen Schuhe.

Am meisten beeindruckt mich Oliva. Mit ihren zehn Jahren kann sie alleine kochen, putzen und abwaschen. Sie wird ständig gerufen, um etwas zu erledigen. Ihre Brüder und Cousins werden allerdings auch gut beschäftigt. Sie machen Kurierarbeiten mit dem Fahrrad, hacken Holz und arbeiten im Feld.

Inzwischen nicht mehr so oft, aber immer noch, gehen ihre Väter und Opas morgens zur Feldarbeit. Gegen Nachmittag sind sie wieder Zuhause. Dort sitzen sie dann zusammen und trinken Chai Tee.

Bei den Frauen hingegen wird die Küche noch vor sechs Uhr morgens geöffnet und ihre Arbeit scheint den ganzen Tag bis spät abends nicht auszugehen.

So bin auch ich oft in der Küche beschäftigt, während Michael draußen schon Kommunikation betreibt, mit Baba Daniel Radio hört oder still zwischen dem stummen und dem alten Nachbarn sitzt, in den abendlichen Sternenhimmel schaut und das männliche Zusammensitzen mal mehr und mal weniger genießt.

Die Küche ist Frauenzone. Das ist der Ort, wo nur Frauen zusammensitzen. Männer lassen sich dort höchstens blicken, um den Stand des Essens zu erfragen. Während das Essen in den Töpfen brodelt, kämmen sich die Frauen gegenseitig ihre Haare und flechten sie neu oder sortieren Reis und Bohnen aus für den nächsten Tag.

Gegen neun Uhr abends schließt Mama Maxi ihre Küche. Dann geht sie entweder Duschen oder in seltenen Fällen setzt sie sich auf die Couch im Haus. Dort wird sie ganz ruhig und genießt es ihren Enkelkindern beim Nachhilfeunterricht zuzusehen.
Manchmal zeigt Michael ihr Fotos von unserer Reise oder von Deutschland. Als sie Bayerns verschneite Berglandschaft sieht, meint sie: „Life there has to be very hard and difficult."
An einem Abend singen wir mit Mama Maxi und Baba Daniel Kirchenlieder.

Das ist gar nicht so schwer, denn es sind die gleichen Kirchenlieder wie wir sie von Zuhause kennen, nur in Kiswahili gesungen. Die Aussprache ist ähnlich wie die Sprache geschrieben wird. Nach ein paar Mal üben, können wir zusammen mit Baba Daniel und Mama Maxi Kirchenlieder singen.

An einem anderen Abend probiert Mama Maxi sehr interessiert meine Zahnseide aus. Es dauert nicht lange, dann setzen sich auch Oliva, Baba Daniel und Rachel zu uns. Auch sie hantieren mit der Seide im Mund. Zwischen Schmatz Geräuschen erklärt mir Mama Maxi, dass hier im Dorf Zahnpflege sehr wichtig ist, da die Menschen dieser Region zu schlechten Zähnen neigen und niemand so recht weiß warum.

Jeden Abend vorm Schlafengehen wird noch mal der Garten aufgesucht zum Zähneputzen. Zähne werden mit frischem Trinkwasser geputzt, das von dem weit entfernten Brunnen stammt. Das eigene Brunnen Wasser hinterm Haus wird für die Toiletten zum Spülen benutzt, zum Geschirr- und Kleider waschen und zum Duschen. Dafür wird in der Küche Wasser gekocht, um es dann in Kübeln zum Duschraum zu tragen. Der Raum ist so groß wie eines der Toiletten Häuschen und ist direkt an diese angebaut. Damit beim Duschen niemand im Dunkeln steht, liegen im

Waschraum Kerzen und Streichhölzer bereit. Die Körperwäsche erfordert Konzentration und Vorbereitung, denn das Anzünden der Streichhölzer mit bereits nassen Händen gestaltet sich schwierig, besonders, wenn wegen Wetterumschwung die Luft im Duschraum kalt ist und man schnell fertig werden will.

Dann könnte, auf der Suche nach dem großen, warmen Handtuch, plötzlich noch der Haufen mit den ausgezogenen, aufeinander gestapelten Kleidern umkippen, ausgerechnet dorthin, wo der Boden schon nass ist.

Nach sechs Wochen in einer anderen Welt mit der Pallangyo Familie und ihrem Dorfleben, verabschieden wir uns eines Tages von ihnen.

Zum Abschied gibt mir Mama Maxi ein Geschenk mit auf den Weg. Sie bedankt sich für meine Hilfe und sagt voll Überzeugung:

„You have so many talents. Don't worry about work. Just keep going. That's enough. You will be fine."

Jaffet und God Chance bringen uns zur drei Kilometer entfernten Abzweigung, wo die Dorfstraße auf eine größere Schotterstraße trifft und wo manchmal Busse anhalten.

Kapitel 19

In einem alten, verbeulten, gelben Bus mit rosa Vorhängen fahren wir nach Moshi Town. Die kleine Stadt bedeutet für uns nach sechs Wochen Farm Aufenthalt ungewohnten Trubel. In dem Ort sind viele Kleider Geschäfte. Es gibt haufenweise bunte Stoffe, Schals und Tücher zu kaufen, handgefertigte Handtaschen und alle möglichen Souvenirs, vor allem afrikanische Holztiere und gemalte Bilder in allen Variationen, Farben und Größen. Auf den Gehwegen sitzen Schneider vor ihren Nähmaschinen. Durch die Straßen laufen Rasta Männer und viele weiße, blonde, langhaarige Frauen. Der Ort hat ein bisschen Hippie Flair, ist touristisch angehaucht und von internationalen Hilfsprojekten umgeben. Wir besuchen einen indischen Tempel und eine Moschee. In den Straßen fahren ein paar bunt gekleidete Mountain Biker an uns vorbei. Für uns muten sie sich an wie Verirrte von einem anderen Planeten.

Gleich beim ersten Versuch finden wir ein nettes Guesthouse. In unserem Zimmer steht ein komfortables Bett und es gibt zusätzlich ein Badezimmer. Welch ein Luxus nachts nicht mehr aus dem Haus zu müssen, wenn die Blase drückt.

Im Bad drehen wir einfach den Wasserhahn auf und duschen heiß, anstatt uns kaltes Wasser aus Eimern über Kopf und Körper zu schütten oder es erst in der Küche mit Feuerholz zum Kochen zu bringen.

Wir gehen wieder in Lokale zum Essen und werden morgens von Straßenlärm anstatt von Vogelgezwitscher geweckt. Wir schwingen nicht mehr Spaten und Harken im Feld, sondern laufen den Touristenjägern der Stadt davon und sitzen im Internet Café mit Ventilator an der Decke.

Aus Deutschland bekomme ich Emails, in denen steht: „Geniest noch die Tage außerhalb der deutschen Zivilisation, bevor wieder der Ernst des Lebens beginnt." „Ihr werdet bestimmt einen Kulturschock erleben, wenn Ihr nach Hause kommt." „Hier hat sich wahrscheinlich nicht viel verändert, im Gegensatz zu Euch."

Karen und Corin aus London, die wir in Neuseeland kennengelernt haben, sind seit drei Monaten wieder zurück in England von ihrer neunmonatigen Auslandsreise.

Sie schreiben: „Nothing really changed at home which is quite funny."

Wie lustig ich das finden soll, weiß ich noch nicht, denn die Mails lesen sich für mich wie Warnungen vor dem Nachhause kommen.

Wahrscheinlich wird es eine große Herausforderung ein paar Werte, die mir auf Reisen wichtig geworden sind, wie zum Beispiel Einfachheit und Zeit zum Leben haben, im heimatlichen Alltag zu integrieren.

Abends holen wir uns Essen bei den kleinen Buden am Bus Bahnhof.
Einheimische Frauen bringen Mini Kohleöfen zum Grillen und Kochtöpfe voll mit Reis, Fleisch, Sauce und Gemüse.
Wir sitzen auf einer wackeligen Bank und warten auf unsere Grill Spieße und Pommes Omelettes mit Salat.
Neben uns sitzen ein paar Touristen. Ich belausche sie. Sie haben sich gerade im Urlaub kennen gelernt. Das Pärchen kommt aus Deutschland. Der zweite Mann im Bunde aus Kanada. Sie unterhalten sich über afrikanisches Essen und was sie vermissen. Die Frau vermisst Brot, der deutsche Mann sein heimatliches Lieblingsbier und der Kanadier hätte zwischendurch gerne gegrillte Marshmallows.
Mir fehlt manchmal ein Apfel, frisch und knackig.

Zurück Zuhause freuen sich bestimmt die persönlichen Vorlieben, Gewohnheiten und Strukturen wieder erfüllt, befriedigt und eingehalten zu werden. Daran wird sich wahrscheinlich nicht viel verändert haben.

Mir kommt die afrikanische Lehrerin Metrine aus Kenia in den Sinn. Sie sagte mir auf unserem Weg zum Zahnarzt: „Something will change for you back home." So wie sie das vor ein paar Monaten gesagt hat, hörte es sich an wie eine Prophezeiung, die wahr wird. Außerdem meinte ihre Schwester Phylis beim Brot backen: „Home is home. There will be a way for you."

Ich brauche ebenso viel Mut nach Hause zurück zu kehren wie ich einst gebraucht habe, um es zu verlassen und auf Weltreise zu gehen.

Dem gegenüber steht Gelassenheit, die sich während der 18 Monate langen Reise entwickelt hat, denn schwierige Situationen und Umstände sind am Ende meistens doch gut ausgegangen.

Eine Engländerin, die bei uns im Guesthouse wohnt, stellt sich das Nachhause kommen so vor: „It has to be scary to come home after such a long time."

Ihre Freundin meint: "It will be interesting."

„You cannot get prepared for home", sagen uns Corin und Karen beim Skypen. "We had a long list of things we wanted to add to our lives, or change. It's a real challenge keeping to it when you come home. At first you are mostly tired and confused anyways."

Ich feile ausgiebig an Plänen für das Leben Zuhause.
Schließlich will ich nicht wieder in denselben, alten
Kreisen laufen. Die Pläne mache ich außerdem, um für die
Fragen gewappnet zu sein, die mir bestimmt ein paar Tage
nach der Ankunft Zuhause gestellt werden. Zum Beispiel:
„Weißt du jetzt, was du willst? Wie geht es denn beruflich
weiter bei dir?"

Riccardo, aus Peru, den wir in Neuseeland getroffen haben,
schreibt, dass er nach seiner neun monatigen Neuseeland
Reise für drei Wochen Zuhause war, dann seinen Vater für
ein paar Wochen auf Geschäftsreise durch Europa begleitet
hat, um festzustellen, dass er immer noch nicht weiß, was
er will, aber Nathalia vermisst. Nathalia ist eine
Engländerin, die er in der letzten Woche auf Neuseeland
kennenlernte. Mittlerweile ist Riccardo zurück in
Neuseeland und reist mit Nathalia über die Inseln.

Wir erreichen das vorletzte Ziel unserer Reise, die Insel
Sansibar. Dort essen wir so viele Mangos und Ananas wie
möglich, weil es sie bald nicht mehr so süß und frisch
geben wird.
Wir verbringen ein paar Tage damit unsere Reise Revue
passieren zu lassen.
Einen Abend besuchen wir dazu ein abgelegenes Resort
für ganz offensichtlich sehr reiche Menschen. Dort gibt es

eine Bar, die auf einem von unten beleuchteten, breiten
Steg gebaut ist. Er ragt etwa 100 Meter ins Meer.
Vor der Bar auf dem Steg, steht eine weiße, weiche, sehr
einladende Couch Landschaft.
Der Vollmond steht am Himmel. Außer uns sind keine
Gäste da. Wir schwelgen in Erinnerungen und können
kaum glauben, dass unsere Reise schon bald vorbei sein
wird.
Gegen Mitternacht schließt die Bar. Wir gehen den Steg
hinunter zum Resort, vorbei an den beleuchteten,
weitläufigen Pool Anlagen, weiter durch eine elegant
römisch antik gestylte Eingangshalle, raus zum Tor, zurück
in die Dorfwelt von Nungwi Beach.
Unser Heimweg ist sandig und holprig. Es gibt kein
Straßenlicht oder sonstige Beleuchtungen. Dafür steht der
Vollmond immer noch rund und groß am Himmel. Wir
erreichen unser Guesthouse. Unsere Zimmertüre steht auf.
Dabei habe ich sie ganz sicher zugemacht bevor wir
losgegangen sind. Es ist heiß. Drinnen steht die Luft. Wir
machen den Ventilator und das Licht an.
Ein fremder, großer, schwarzer Hund liegt direkt vor
unserer Badezimmertüre. Müde hebt er seinen Kopf hoch,
sieht mich kurz an und legt seinen Kopf wieder ab. Er lässt
sich nicht dazu bewegen den kühlenden Betonboden zu

verlassen. Also steige ich über ihn und gehe ins Bad. Fremde Hunde vor der Badetüre werde ich vermissen.

Am nächsten Morgen hupt der Busfahrer vor unserem Guesthouse. Wir müssen tatsächlich los. Zurück nach Hause. Mit einem letzten Zwischenstop in London.

Dort holen uns Karen und Corin am Flughafen ab.
Sie stehen da, warm in Winterklamotten eingepackt, mit blassen Gesichtern.
Überhaupt gibt es hier viele blasse Gesichter. Wir sind es inzwischen gewohnt von dunkelhäutigen und schwarzen Menschen umgeben zu sein. In der letzten Zeit habe ich mich so sehr mit meinem Außen identifiziert oder mich daran gewöhnt, dass ich manchmal vor mir selbst erschrak, wenn ich mich zufällig in einem Spiegel oder Fensterglas sah und anstatt schwarz weiß war.

Draußen ist es kalt. Unsere Freunde verteilen Mützen, Schals, Handschuhe und Winterjacken an uns. Wir folgen ihnen in einen großen Aufzug, der uns in eine Tiefgarage bringt und steigen in ihr kleines Auto. Dann fahren wir über verschiedene Autobahnen. Schnee liegt auf den Straßen und Fahnen flattern im Wind. Ich fühle mich wie Zuhause, obwohl wir noch in England sind. Das Wetter ist vertraut, ebenso die Asphaltstraßen. Sie haben keine Löcher und niemand steuert auf die andere Fahrbahnseite, um ihnen auszuweichen. Überall ist Straßenbeleuchtung. Es herrscht dichter, geordneter Berufsverkehr.

Corin und Karen wohnen seit ihrer Reise außerhalb von London in ehemaligen Pferdestallungen, die zu einem kleinen, englischen Landhäuschen umgebaut wurden.

Als wir abends vorm Kamin im Wohnzimmer sitzen, erzählt Karen wie es ist wieder im Büro zu arbeiten, sich mit der neuen Arbeit und den neuen Kollegen auseinanderzusetzen. Sie spricht von Kommunikationsschwierigkeiten, Zeitdruck und wie schwer es ihr fällt sich an das alte Arbeitsleben zu gewöhnen.

Corin bereitet uns darauf vor, dass es Wochen dauern wird, bis wir uns wieder Zuhause eingelebt haben. Jemand hat ihnen gesagt, dass es eine Woche Eingewöhnung braucht für jeden Monat auf Reisen.

„Take your time and don't let other people rush you", rät er.

Die beiden haben nur vier Monate gebraucht, um wieder Jobs und Wohnung zu finden. Damit ihre Reise nicht heimlich im Alltag untergeht, sprechen sie viel darüber und unternehmen Dinge, die sie an ihren Neuseeland Trip erinnern. Sie haben sich beispielsweise Neopren Anzüge gekauft und gehen Wellenreiten an der Küste von Wales, machen Lagerfeuer am Strand und campen.

Am nächsten Tag suchen wir mit den beiden einen Weihnachtsbaum für ihr Wohnzimmer aus. Wir taufen den Baum Mary. Dann spazieren wir ein paar Stunden bei eisigem Wind über Hügel Landschaften, sitzen wieder ausgiebig vorm Kamin und sehen uns Reisefotos an.
Es ist der letzte Abend vor unserem Abflug.
Morgen steigen wir in den Flieger nach Deutschland.
Dann ist unsere Reise endgültig vorbei.

Kapitel 20

Vom Reisen wird häufig behauptet, dass es den Horizont erweitert. Ich konnte jedenfalls leichter über den eigenen Tellerrand schauen als Zuhause. Das rüttelt an Lebenskonzepten und bringt Schwung ins System.

Reisen kann sehr komisch sein, romantisch und lebensgefährlich, dem einen bringt es die langersehnte Erleuchtung, dem anderen nichts außer Schwierigkeiten. Beziehungen werden auf extremen Prüfstand gestellt, Freunde und Paare trennen sich und welche finden sich. Außerdem ist Reisen anstrengend und energieraubend, manchmal langatmig und frustrierend, ebenso ist es aufregend, spannend und macht Lust auf mehr. Reisen ist teuer, weil es meistens an die Ersparnisse geht und billig, weil die Erinnerungen und die Geschichten an die Reise für immer bleiben.

Mal wünschte ich mir nichts sehnlicher, als zu Hause zu sein und dann wieder wollte ich nie wieder dorthin zurück.

Durch unsere Reise konnte ich Träume und Vorstellungen von einem Ort, von dortigen Lebens- und Arbeitssituationen in der Realität betrachten.

Meine Ideen und Visionen vom Arbeiten im Ausland haben sich relativiert. Obwohl ich dachte, dass wir bestimmt in einem Land auf unserer Reise kleben bleiben, um dort ein neues Leben mit anderen, vielleicht sogar besseren, Arbeitsbedingungen aufzubauen, ist das nicht passiert.

Meine Vorstellung als Tierärztin in Afrikas Wildnis zu arbeiten, ist ein Kindheitstraum geblieben. Ebenso fand ich im Ausland keine längerfristige, passende Arbeitsstelle oder bin jemandem über den Weg gelaufen, der mir ein Jobangebot machte, wie ich mir das so manches Mal von Zuhause aus vorgestellt hatte.

Das große, andauernde Glück habe ich auch nicht im Ausland gefunden. Auf Reisen gab es genug Situationen, die mich mit dem Gedanken spielen ließen einfach Nachhause zu fliegen, weil ich dachte dort ist dann alles besser.

Reisen erfordert Mut und viel Organisation. Es bedeutet Unsicherheit und macht Angst wegen Regenstürmen, Erdbeben, Atomunfällen, Tsunami Warnungen, Taschendieben, wildem Straßenverkehr und fremden Situationen. Deshalb brauchten wir manchmal Urlaub vom Reisen.

Reisen bedeutet Umweltprobleme und Armut außerhalb der eigenen Landesgrenzen zu erleben. Die Auswirkungen in den betroffenen Orten hautnah zu erleben, ist

ernüchternd und herzzerreißend und schafft Gefühle der
Hilflosigkeit.

In Deutschland gefallen mir die erfinderischen Menschen,
die Entwickler, Denker und Hinterfrager, was ich
allerdings erst im Ausland so richtig gemerkt habe.
Fast in jedem Land sahen oder hörten wir Geschichten von
deutschen, erfindungsreichen Menschen, die etwas
aufgebaut oder entwickelt haben.

Früher oder später wird auf Reisen klar, dass alte
Probleme nicht Zuhause bleiben, sondern im Rucksack
mitkommen. Manchmal lassen sie sich jedoch unterwegs
von anderen Standpunkten aus betrachten und
verschwinden eventuell sogar von selbst.
Der Glaube woanders ist es besser, dort, wo es spannend
ist, wo alles neu ist, wo ich Fremde bin, dort, wo scheinbar
mehr Platz ist für das Schicksal, um Zufälle und
Unvorhersehbares geschehen zu lassen, dort sehen die
Dinge oft leichter und lockerer aus als Zuhause.
Sie sind es auch manchmal.

Das Schönste am Reisen war, dass wir unser Tempo selbst
bestimmen konnten und uns wie Pioniere gefühlt haben,

auch wenn schon viele Menschen vor uns auf gleichen Wegen unterwegs waren.

Wir sind mit vergleichsweise wenig Geld ausgekommen und haben es trotzdem geschafft meistens angenehm zu leben und zu wohnen.

Und jetzt sind wir zurück in Deutschland am Flughafen.

„Deine Augen sind so groß wie Unterteller", sagt Kathi.

Michael und ich sitzen neben einander auf einer Bank.

Kathi will ein Foto von unserer Ankunft machen.

„Kannst du deine Augen denn nicht weiter zu machen?", will sie wissen.

„Du siehst aus wie jemand, der zum ersten Mal auf der Erde gelandet ist", findet sie.

So komme ich mir auch vor.

Ein paar Tage nach unserer Ankunft treffe ich beim Spazieren gehen auf eine Nachbarin, die mich erst fragt wie es mir geht, dann will sie wissen wie die Reise war und danach stellt sie meine Lieblingsfrage: „Was machst du jetzt dann beruflich?"

Eigentlich habe ich mir für diesen Fall Pläne zurechtgelegt.

Noch auf Reisen unterwegs, waren sie stimmig für mich.

Jedoch, wieder Zuhause passen sie irgendwie nicht mehr.

Also antworte ich: „Keine Ahnung." Und bin erstaunt,

denn es stört mich nicht das zu sagen. Ich fühle mich noch nicht mal ansatzweise schlecht dabei.

Kurz darauf sitze ich beim Kaffekränzchen bei einem Freund und seiner Familie.

Er stellt mir die gleiche Frage wie kurz vorher die Nachbarin und ich gebe die gleiche Antwort. Er staunt: „Früher hat es dich immer genervt, dass du keinen Plan hast. Und jetzt lehnst du dich zurück und sagst einfach, dass du ahnungslos bist."

Tante Karla findet: „Du machst einen viel zufriedeneren Eindruck und bist nicht mehr so rastlos."

Cordula schreibt: „Das Nachhause kommen nach so langer Zeit stelle ich mir komisch vor, aber ich denke nur so kann man die Heimat einmal mit ganz anderen Augen sehen."

Und Danja wünscht uns: „Damit diese Reise nicht nur ein erfüllter Traum bleibt, wünsche ich euch, dass ihr all eure Erfahrungen gut in das Leben in Deutschland integrieren könnt."

Mein ehemaliger Chef sieht das so: „Du hast dir selbst gezeigt wie stark du bist. Jetzt mach', was du willst und sei' erfolgreich dabei."

Coco denkt: „Das nach Hause kommen ist ja fast das größte Ding von der ganzen Reise. Sich dann wieder zurecht zu finden und so weiter."

Nachbarin Anni meint: "Fahrt doch erst mal in den Urlaub. Schließlich habt ihr eine Weltreise hinter Euch."

In unserem Freundes-, Bekannten- und Familienkreis war während unserer Abwesenheit einiges los. Es gab Trennungen und eine Versöhnung. Singles trafen auf passende Partner, Hochzeiten wurden gefeiert und Familien gegründet. Fünf Frauen sind schwanger geworden, drei haben Babies bekommen. Mein Patenkind wurde eingeschult. Nachbarn sind weg gezogen und kurz darauf sind neue gekommen.

Nur ein Freund hat seinen alten Job für einen besseren an den Nagel gehängt. Ansonsten hat sich arbeitstechnisch bei den meisten Menschen meiner Umgebung nichts verändert. Nach wie vor sind nur wenige mit ihrer Arbeit zufrieden. Die Mehrheit beklagt sich über die fast immer gleichen Probleme wie chaotisches Management, schlechte Führungskräfte, Strukturlosigkeit, Kommunikationsprobleme, alles soll schnell gehen und billig sein, was zählt ist die Umsatzsteigerung.

Willkommen in der internationalen Arbeitswelt.

Wie überall geht es um Existenzsicherung, um viel Geld, um zu wenig Geld, um ein schönes Zuhause, darum eine Familie zu ernähren, um Selbstverwirklichung und Anerkennung und darum in den Urlaub fahren oder Reisen machen zu können.

Das Streben nach dem passenden Job oder sogar der Berufung ist eventuell ein Übel der Industriegesellschaft und wird in seiner Stellung überbewertet.

Ich fahre für neun Tage in die Stadt, um Kommunikation zu betreiben und Informationen zu sammeln, wo ich mir einen Job angeln könnte.

Mein ehemaliger Chef bietet mir den gleichen Job an, den ich vor 19 Monaten wegen Unerträglichkeit an den Nagel gehängt habe. Ich bin hin- und hergerissen. Soll ich ihn annehmen oder nicht?

Damit würde ich all' meine neuen Vorsätze über den Haufen werfen. Ich kann mich doch nicht gleich nach der Ankunft von unserer Weltreise wieder in alte Strukturen begeben. Das ist wie Handtuch werfen bei erstbester Gelegenheit. Das geht nicht.

Ein kanadischer Geschäftsmann lädt mich zum Bewerbungsgespräch ein. Der Mann hat sich in Deutschland niedergelassen, um medizinische Schrauben für Rückenoperationen zu vertreiben. Ich habe mich bei ihm als Office Managerin beworben. Beim Bewerbungsgespräch fragt der Kanadier: „Können sie sich wirklich vorstellen als meine Assistentin zu arbeiten? Ist das ihr berufliches Ziel?"

„Ja", sage ich.

Der Mann betrachtet meinen Lebenslauf als sehr vielfältig und nicht als ein durcheinander geblasenes Puzzlewerk. Am Ende unserer Unterhaltung meint er jedoch: "Wissen sie, ich glaube dieser Job ist einfach zu langweilig für sie."

In Berlin sucht eine Firma nach Drehbuchautoren. Ich bin zu einer Informationsrunde mit fünfzehn anderen Bewerbern eingeladen und wurde sogar extra eingeflogen. Wir sitzen an weißen Tischen vor Mineralwasser und Obst. Zwei teuer, in Anzug und Hemd, gekleidete, smarte Herren aus der Schweiz stellen sich als Geschäftsführer vor. Sie erzählen von ihrem erfolgreichen Unternehmen in der Heimat und ihrem Ansinnen in Deutschland ein ebenso erfolgreiches Unternehmen aufzubauen. Ich staune über die beruflichen Qualifikationen meiner Mitbewerber. Die meisten bringen langjährige Berufserfahrungen mit. Zwei von ihnen waren zur Ausbildung in New York, einer in Hongkong, eine andere in Moskau.

Nach vier Stunden Besprechung über Drehbuchgestaltung und Kunden Akquise gibt es Mittagessen. Schweizer Pizza mit viel Käse. Danach räuspert sich einer der Geschäftsführer und verkündet: "So, meine Damen und Herren, jetzt wissen sie, was wir von ihnen erwarten und warum sie hier sind. Wir wollen ganz offen zu ihnen sein und kommen zu ihrer Bezahlung." Der Mann nennt den Anwesenden, ohne den geringsten, beschämten Gesichtsausdruck, die Gehaltsvorstellungen. Sie sind nicht nur schlecht, sondern eine Frechheit. Der Mann sagt direkt und deutlich, dass es daran nichts zu rütteln gibt. Die Stimmung im Raum rauscht hinab in den schweigenden Frustbereich. Die Schweizer Herren geben alles, um die Atmosphäre noch frostiger zu machen. So werden Überstunden nicht bezahlt und bevorzugt sind Mitarbeiter, die ein eigenes Auto zur Verfügung stellen. Bis Morgen muss eine Übung, ein Eignungstest, bei der Firmenleitung eingereicht werden. Niemand steht auf und geht. Wir Zuhörer warten erstaunlich geduldig auf das Ende der Veranstaltung. Unten im Hof diskutieren sogar einige der Drehbuchautoren, ob wir es uns leisten können, so ein Jobangebot auszuschlagen. Ich kann.

Nach fünf Monaten frage ich mich: „Was ist von unserer Reise übrig geblieben?" Die Bilder und Erinnerungen scheinen zu verblassen und sich langsam, aber sicher zu verdünnisieren. Das soll nicht sein. Der Alltag kann uns doch nicht schon nach so kurzer Zeit wieder im Griff haben. So oft ich kann, sehe ich mir unsere Reisefotos an. Vom Reisen erhalten geblieben, ist die Zufriedenheit einen großen Traum erfüllt zu haben.

Nach einem halben Jahr höre ich wieder eine altbekannte Stimme, die mir zu flüstert: „Ich kann meine Nische nicht finden, weder im Job noch im Alltagsleben."

Ich will das alles nicht hören, aber die Flüsterstimme ist wieder zurück. Sie lässt sich nicht abstellen.

Miete, Versicherungen und andere Rechnungen warten auf Bezahlung, und ich habe noch keine Jobzusage.

Ich werde unruhig.

Also schreibe ich Bewerbungen, telefoniere viel und mache das, was man eben macht, um einen Job zu finden.

„Bei dir ist es immer spannend, du willst nichts Normales machen", sagt Freundin Anja zu mir. Was für Anja normal ist, finde ich jedoch unnormal.

Sie arbeitet als Personalmanagerin und auch als stellvertretende Direktorin ihres Betriebs. Sie spricht zwar regelmäßig von Stress, Magenschmerzen und dass sie keine Zeit für ihre Kinder hat, aber das scheint sie mehr oder weniger in Kauf zu nehmen. Ihre Arbeit ist ihr nun mal sehr wichtig. Sie macht ihr Spaß und bringt viel Freude. Sie will auf keinen Fall auf ihre Arbeit verzichten, auch nicht teilweise, obwohl ihr Mann ebenso arbeitet. Abends sieht sie müde, aber glücklich, ihrem Staubsauger Roboter bei der Arbeit zu, wie er ihre Wohnung saugt.

Das Arbeitsthema und die Frage „Was will ich? wollen wieder ihren alten Stammplatz in meinem Leben einnehmen.

„Nein, Danke."

Ich gehe zum Freibad Kiosk und arbeite als Pommes- und Currywurstverkäuferin.

Kapitel 21

Der Freund eines Freundes meiner Cousine ruft an. Er fragt, ob ich ihn unterstützen kann die Marketing Abteilung seiner IT Firma aufzubauen.

In dem Job geht es um Computer, Software und Datensicherung. Das hat mich noch nie interessiert, aber ich kann damit genug Geld verdienen, um mein Leben zu finanzieren.

„Arbeiten, um zu arbeiten. Einfach so, ohne großartige Hintergründe, Pläne und Selbstverwirklichung. Das übst du jetzt mal", sage ich mir.

„Ob Arbeit nun als Sinnerfüllung oder zum Geldverdienen dient, es ist einfach nur Arbeit. Nicht mehr und nicht weniger", sagt mein pragmatisch praktischer Teil in mir.

Ich will lernen Langeweile und Bedeutungslosigkeit im Job auszuhalten, noch besser, es zu akzeptieren.

„Das geht doch nicht", schimpft meine Abenteuerlustige.

„Das ist Zeitverschwendung", sagt mein Verständnis für Zeit.

„Egal, ich nehme den Job", äußert sich da wieder mein pragmatisch praktischer Teil.

„Es könnte helfen die Dinge mit mehr Humor zu sehen", sagt mein Humor.

„Ha.Ha", freut sich der Sarkasmus.

So beschließe ich endgültig meine Vorstellungen und Konzepte, was ein Job und das Leben bringen sollen über Bord zu werfen. Unter Jammern und innerlichem Stöhnen lasse ich mich auf das Kommende ein, auch wenn ich keine Ahnung habe, wohin es mich führt und ob es gut sein wird.

Brav gehe ich jeden Tag zur Arbeit, mache, was ansteht, habe Mittagspause, arbeite weiter bis abends und fahre dann nach Hause. Wie so viele andere Menschen eben auch. Zwei Monate, drei Monate, vier und fünf Monate, ich übe mich in Geduld.

Insgeheim warte ich jedoch auf Veränderung und Abwechslung, darauf, dass etwas Witziges passiert.

Es passiert aber nichts.

Nach einem Jahr wird es sehr langweilig und ich fange an mich wie ein Wurm zu winden, wenn es darum geht morgens in die Arbeit zu gehen.

Obwohl ich mich tagsüber körperlich kein bisschen anstrengen muss, bin ich abends so müde von der Arbeit, dass ich meist früh ins Bett falle. Ich habe das Problem eigentlich kein Problem zu haben, denn ich habe ja alles: ein kleines Auto, eine Wohnung, einen vollen Kleiderschrank und einen normalen Job, wo wir Angestellte uns gegenseitig mittags Mahlzeit zurufen.

Außerdem sind wir hippe IT-Leute, die wichtige Softwares entwickeln und sogar beim Mittagessen vorm Computer sitzen, das Essen in uns rein schaufeln und nicht mal beim Kleckern vom Bildschirm wegsehen.

Ich kann es mir nicht verkneifen und bewerbe mich bei diversen Hilfsorganisationen für Auslands- und Katastropheneinsätze. Die wollen mich aber nicht haben. Langsam kocht Wut in mir hoch, dass ich trotz Weltreise, Erkenntnis Sammlerei und außergewöhnlichen Lebenserfahrungen es immer noch nicht geschafft habe eine Berufsnische gefunden zu haben.

Ich versuche Ungewöhnliches in den Alltag zu bringen. So gehe ich auf Erotik-, Esoterik-, Handwerks- und Pferdemessen. Ich stricke und häkle riesengroße Decken, gehe ins Yoga, male Tapeten mit knallbunten Farben an und mache daraus Geschenkpapier, versuche Tanzen auf dem Trampolin, gehe zu brasilianischen Lebenstanz Abenden, auf Kräuterwanderungen und Ritterfeste und male meine Schuhe bunt an.

Ich brauche mehr Abenteuer und Schwung in meinem normalen Leben, jetzt, wo es so schön normal ist.

Per Post flattert ein Hauch von Abwechslung in mein Berufsleben. Meine Nachbarin hat mir eine Einladung zu ihrem alljährlichen, mehrtägigen, internationalen VIP

Kongress der elektronischen Medien in den Briefkasten geworfen. Sie ist eine erfolgreiche Geschäftsfrau und arbeitet auch im IT Bereich.

Während des Kongresses beobachte ich beim Frühstücksbuffet wie sich wichtige Leute aus Politik, Kunst, Medien und Wissenschaft versammeln.

Im Eingangsbereich bekommen wir Frauen Tütchen voll mit Kosmetik geschenkt und die Männer Bücher. In den Kongress Vorträgen geht es um Neuerungen, Veränderungen, Schnelllebigkeit, Burn Out, neue Gesellschaftsformen und darum, dass in Zukunft viele Produkte, Autos, Wohnungen, vielleicht auch Partner mit anderen Menschen geteilt werden. Weiter geht es um die Digitalisierung von Arbeitsprozessen, die unaufhaltsam voranschreitet und angeblich viele Arbeitsplätze abschaffen wird, so dass in 20 Jahren wesentlich weniger Menschen als jetzt arbeiten werden.

Die Teilnehmer des VIP Kongresses sind eifrig. Sie vernetzen sich, kommunizieren, erhöhen ihre Kontaktzahlen und tauschen Visitenkarten und Informationen aus. Sie diskutieren und lachen viel. Sie sind erfolgreiche Selbstständige oder verantwortungsvolle, super verdienende Angestellte.

Ein paar der teilnehmenden Frauen des Kongresses sind nicht nur beruflich erfolgreich, sondern haben auch noch viele Kinder. Ich lerne eine Frau kennen, die nicht nur drei oder vier Kinder hat, sondern gleich sieben. Sie trägt in ihrem Beruf viel Verantwortung und hat Einfluss. Sie hat bedeutungsvolle Verbindungen zu bedeutungsvollen Menschen.

Ich muss den Tatsachen ins Auge sehen. Ich bin weder Karrierefrau noch Ehefrau oder Mutter, Erleuchtete oder Aussteigerin.

„Versager. Versager. Versager", ruft mir mein ständiger Nörgler zu. Seine extra ihm zu Ehren aufgestellte Porzellanfigur, die weiße, dickbäuchige, launisch aussehende, bunt geschminkte Bulldogge, ist kurz davor aus meiner Balkontüre zu fliegen.

Ich versuche mich in ein Denk-, Handlungs- und Wertesystem zu pressen, nach dem ich glaube leben zu müssen. Entweder bin ich zu groß, zu klein, zu dick, zu dünn, zu falsch, zu richtig – jedenfalls passe ich nicht rein. Trotzdem glaube ich fest daran in dieses vorgegebene System zu gehören. Das habe ich so gelernt. Ich gebe alles, verbiege mich und arbeite an mir, um normal, was auch immer das ist, erfolgreich, stetig, anerkannt und am besten perfekt zu sein. Das mit der Selbstoptimierung nehme ich ernst, weil ich glaube mich immer weiter entwickeln zu müssen, um besser und anders zu werden.

„Ätsch, Bätsch. Das nützt alles nichts", meint mein Nörgler. Er gibt sich gern' als Schlauberger und allwissend.

Ob mit oder ohne Nörgler, Herr Übelhack, mein Heilpraktiker ist noch immer davon überzeugt, dass auch ich mein Glück, sogar beruflich, finden kann. „Sie sind halt noch nicht beim richtigen Job angekommen", sagt er. Dieses Ankommen wollen oder sollen, ist auch so eine vergebliche Versuchsreihe.

Ich glaube nicht, dass ich tatsächlich irgendwo ankommen kann, außer am Ende meines Lebens. Wenn ich im Grab liege, dann bin ich angekommen, vorher schaffe ich das wohl eher nicht.

Bei so viel Stress gehen ein paar meiner Kleingeister auf Urlaub. Meine Vertrauenslose und die Lebensmüde schaukeln zusammen in einer Hängematte in einem kleinen Palmenwald, ganz nah an einem naturbelassenen, einsamen Sandstrand. Die Luft ist feucht und warm. Die Vertrauenslose denkt gerade darüber nach, ob sie dem sonnigen Wetter vertrauen und eine Runde spazieren gehen kann ohne in einen tropischen Regenschauer zu geraten. Die Lebensmüde orientiert sich auch an Freizeitaktivitäten, denn „Arbeit ist ein Übel, das ständig Unruhe in mein Leben bringt", findet sie und setzt ihre Taucherbrille auf.

Die Lebenstüchtige dagegen ist Zuhause, in der Realität, geblieben. Sie ist gewohnt fleißig und versucht ihr bestes zu geben, um im Leben zurechtzukommen.

Meine Ehrgeizige gibt der Lebenstüchtigen Anweisungen wie die Dinge am besten anzugehen sind. Gemeinsam planen sie mein weiteres berufliches Vorgehen.

Meine Veränderungsfanatikerin will ständig dies oder das ändern. Sie ist kreativ und hat viele Ideen, was ich besser oder anders machen könnte, um weiter zu kommen.

„Weiter. Immer weiter kommen. Ja, wohin denn?", fragt sich meine Gelassenheit. Sie ist befreundet mit meiner Zufriedenheit. Sie liegen auch zusammen in einer Hängematte im Palmenwald, wo die Lebensmüde und die Vertrauenslose gerade noch schaukelten.

Nicht weit von ihnen entfernt, direkt am Strand, im Sand, liegt die Leichtigkeit. Sie aalt sich in der Sonne und dreht sich alle paar Minuten um, weil sie überall schön braun werden will. Außerdem braucht sie Erholung von den angsteinflößenden Existenzängsten. Mit ihr auf der Decke liegt die Faulheit. Sie hat eine große Sonnenbrille im Gesicht und döst vor sich hin, bewegungslos.

Sie möchte die Leichtigkeit ganz für sich alleine haben.

Zuhause lauern die Existenzängste. Sie warten auf ihren Einsatz. Wie immer sitzen sie auf ihrem Thron und halten erwartungsvoll Ausschau, um bei erstbester Gelegenheit herunter zu springen, mich am Schlafittchen zu packen und in den Schwitzkasten zu nehmen.

Meine Zartbesaitete will sich davon nicht mehr verängstigen lassen. Sie durchläuft ein hartes Desensibilisierungsprogramm bei meiner Abgebrühten. Es hat sogar schon etwas gebracht. Die Zartbesaitete lässt sich nicht mehr so leicht einschüchtern. So können mich meine übel gelaunten Arbeitskollegen nicht mehr besonders beeindrucken. Manchmal gehen sie mir sogar am Arsch vorbei. Die Zartbesaitete lässt meine Predigerin abblitzen, die unentwegt ihre Lebensweisheiten zum Besten geben will: „Hochmut kommt vor dem Fall. Glaub' bloß nicht, dass du besser bist als deine Kollegen."

Der Weltschmerz hält sich auch schon die Ohren zu. Ihm reicht es, wenn er täglich von weltweiten Katastrophen in den Medien hört. Da braucht er nicht auch noch die altmodischen Zurechtweisungen der Predigerin. Manchmal trifft er sich mit meiner düsteren Seele. Gemeinsam klagen sie sich ihr Leid. Dann geht's ihnen wieder besser.

Sich nur über Probleme zu unterhalten, das ist meiner Dramaqueen zu wenig. Sie braucht handfeste Nöte und Sorgen, wenigsten so dann und wann. Sie sucht nach

Schlupfwinkeln, wo sich solche aufhalten könnten und dreht jeden Stein in ihrem Garten um.

„Mach' dir doch nichts vor", sagt mein Freigeist zu mir. „Du kannst überhaupt nicht arbeiten. Das ist wie ein Gefängnis für dich. Du musst da immer wieder ausbrechen. Du weißt sehr wohl, was du willst und das ist Freiheit."
Ich will jedoch auf keinen Fall als unnütz, faul oder gar arbeitsuntauglich gelten. Aus diesem Grund muss ich die Sache mit der Freiheit streng geheim halten.
„Nein, ich weiß wirklich nicht, was ich will", entgegnet meine Ahnungslose. Sie ist hartnäckig und stur. Sie will ihre Rolle nicht abgeben. Sie schreit lauthals und trotzig: „Ich weiß nicht, was ich will. Ich weiß nicht, was ich will. Und ich werde es auch nie wissen."
Meine Suchende ist auch ausdauernd. Sie sucht wie immer nach ihrem Glück. Zwischendurch wird jedoch auch sie müde und setzt sich an den Wegesrand, um eine Pause zu machen. „Es gibt einfach keinen Schlüssel zum Glück", sagt sie und legt sich seufzend ins Gras, um ein Schläfchen zu machen.
An ihr vorbei schlürft ihre Kollegin, die Forscherin. Sie hält sich eine große Lupe vor die Augen. Sie ist auf der Pirsch. Sie erforscht neue Lösungswege. Sie ist ganz in

ihrer Arbeit versunken und lässt sich nicht stören. Dabei wartet die Wissbegierige sehnsüchtig auf neue Entdeckungen und Ergebnisse von ihr.

Abwarten und geduldig sein, sind nicht die Stärken meiner Abenteurerin. Sie und die Neugierige stecken wie so oft mit der Reiselustigen unter einer Decke. Sie machen große Pläne für neue Reiseziele. Nur auf Urlaub zu gehen ist ihnen zu langweilig. Sie wollen weit und lange weg.

Die Leichtigkeit wird stutzig. Irgendwie gefällt ihr das Treiben im System nicht. Sie überlegt früher aus ihrem Urlaub zurück zu kommen, um das System mit Leichtigkeit zu unterstützen.

Jedoch, die Lebensmüde meint daraufhin: „Bleib' bloß weg. Die Leichtigkeit wird überbewertet und ist anstrengend. Die Hoffnung, dass es doch noch eine leichte Lösung gibt, macht alles nur noch schlimmer."

Daraufhin packt die Leichtigkeit schnell entschlossen ihre Koffer, verabschiedet sich von der Faulheit, die immer noch auf der Stranddecke vor sich hin döst, und beendet ihren Urlaub.

Derweil macht sich Zuhause meine Spirituelle tiefgründige Gedanken über ihr persönliches Wachstum. Sie liest wieder diverse Ratgeber Bücher, will hinter das

Offensichtliche blicken und den Sinn der Lebensumstände verstehen. Sie macht sich auf den Weg zu meiner Professorin der Philosophie, um über die Irrwege des menschlichen Daseins zu diskutieren. Sie kommen zu dem Ergebnis: „Es ist doch immer dasselbe. Immer drehen wir uns im gleichen Hamsterrad. Jeder in seinem."

Das hat meine Orientierungslose auch schon bemerkt. Ihr ist schwindelig und übel von den ganzen Umdrehungen. Sie ist bereits grün im Gesicht.

Eigentlich sind meine Kleingeister und ich ein gutes Team. Wir sind multiprofessionell. Das ist momentan auf dem Arbeitsmarkt viel gefragt. Jeder von uns hat seine Fähigkeiten und Talente. Damit bestreiten wir meist erfolgreich den Alltag. Genauso aber können wir uns das Leben richtig schwer machen.

Zusammen mit den Zuhausegebliebenen Kleingeistern stehe ich in einer Sackgasse. An deren Ende ragt ein mächtiges Holztor empor. Es ist an die 20 Meter hoch. Rechts und links vom Tor ziehen sich beidseits weiße Mauern über hügelige Landschaft. Was sich hinter dem Tor oder den Mauern verbirgt, kann ich unmöglich erkennen, dazu sind sie viel zu hoch.

Meine Neugierige geht entschlossen auf das Tor zu. Sie dreht sich zu uns um, aber niemand folgt ihr. Sie geht weiter. Am Tor lehnt eine lange Leiter. Flink klettert die Neugierige die Leiter nach oben, bis zum Torschloss. Dort versucht sie mit beiden Händen den breiten, runden Knauf am Schloss zu drehen. Er bewegt sich keinen Millimeter. Das Tor lässt sich nicht öffnen. Die restlichen Kleingeister haben sich unterhalb der Leiter versammelt und jubeln der Neugierigen zu. Sie feuern sie lautstark an weiter am Torknauf zu drehen.

„Das hat doch alles keinen Sinn. Es klappt eh' nicht.", sagt die Vertrauenslose genervt. Sie und die Lebensmüde sind bereits vom Urlaub zurück, denn dort hat es zu ihrem Unmut geregnet und es wurde Arbeit verteilt. Sie sollten alle Hängematten im Palmenwald ausschütteln.

Von der Leichtigkeit fehlt jegliche Spur. Keiner weiß, wo sie abgeblieben ist.

Es dauert nicht lange, da kommt die Gewitzte mit einem goldenen, riesigen Schlüssel daher. Sie kann ihn kaum tragen, schafft es aber sich mit ihm die Leiter hoch zu hangeln. Oben angekommen versucht sie den Schlüssel ins Torschloss zu stecken. Der Schlüssel ist schwer und sperrig. Die Gewitzte setzt ihre ganze Kraft ein und hantiert herum, mal so, dann so. Sie beginnt zu schwitzen und ihre Hände zu zittern. Der Schlüssel passt einfach nicht ins Schloss. Unten am Boden werden die restlichen Kleingeister ungeduldig. Gemeinsam stemmen sie sich mehrmals gegen das Tor. Es bewegt sich kein bisschen.

Die Leichtigkeit beobachtet das Geschehen. Nach ein paar Anreiseschwierigkeiten hat sie es geschafft, sie ist zurück vom Urlaub und sieht erholt aus. Sie hat sich vom Schrecken der Existenzängste erholt und ist wieder klar im Kopf. Sie will einen festen Platz im System einnehmen. Locker hüpft sie die Leiter hinauf zur Gewitzten und Neugierigen. Oben angekommen wartet sie bis alle Kleingeister bemerken, dass sie anwesend ist. Unten am Boden wird es langsam still. Die Kleingeister sehen gespannt nach oben und fragen sich, was die Leichtigkeit vor hat. Diese holt dramatisch, mit weit aufgerissenen Augen, tief und viel Luft. Dann bläst sie ihre Pausbacken auf und lehnt sich leicht nach vorne. Danach pustet sie mit ihren großen Lippen sanft und mit langem Atem gegen das Tor. Es springt mit lautem, tiefen Knarz Ton ein Stück auf. Dabei gerät die Leiter gefährlich ins Wanken. Die Neugierige, Gewitzte und auch die Leichtigkeit klettern flott hinunter zu den anderen.
Das riesige Tor schwingt von alleine in großem Bogen auf. Gemeinsam starren meine Kleingeister und ich durch das weit geöffnete Tor. Die Neugierige macht wieder als erste

ein paar Schritte nach vorne. Sie geht durch das Tor, sieht sich nach allen Seiten um und winkt uns zu sich. Wir kommen.

Oben, am luftigen Rand einer Bergkette halten wir an. Vor uns liegt eine Landschaft aus Bergen, Tälern und Seen. Am Horizont schimmert blaues Meer. Über uns ist wolkenloser Himmel. Die Sonne lacht.
Die Abenteurerin und Reiselustige hält nichts mehr. Sie schnallen sich ihre Rucksäcke um und sprinten mit der Neugierigen davon.
Plötzlich kommt Wind auf. Meine Mütze, die ich auf Reisen immer dabei habe, fliegt mir vom Kopf. Wie aus dem Nichts ziehen dunkle Wolken daher. Über uns braut sich ein Unwetter zusammen. Es geht schnell. Der Wind wird zum Sturm. Ich lehne mich dagegen, um nicht nach hinten umzufallen. Mein Mantel und die weite Hose flattern wild. Es beginnt zu donnern und zu blitzten.
Abwechselnd fällt Schnee, Regen und Hagel vom Himmel. Richtung Meer scheint noch die Sonne. Bunte Regenbogen bilden sich.
Einige meiner Kleingeister fliegen im Sturm davon. Ich sehe sie als Punkte am Horizont verschwinden. Dann reißt es auch den Rest von uns in die Luft. Erst bläst es uns in eine und dann in ganz verschiedene Richtungen. Wir

werden durcheinander gewirbelt. Manche von uns drehen Saltos in der Luft, andere zischen wie Raketen davon. Ich höre ein paar meiner Kleingeister johlen. Sie freuen sich über das aufregende Naturereignis und quietschen vor lauter Spaß. Ein paar finden das alles überhaupt nicht lustig. Sie kreischen, zetern und fluchen. Ein paar wenige schweigen sogar. Sie halten die Luft an, sind verwundert und machen große Augen. Es gibt auch welche, die Panik haben und mit den Zähnen klappern.

Eine Stimme flüstert mir ins Ohr: „Es ist gut etwas verrückt zu sein. Das Leben ist es nämlich auch."

Ein paar Minuten später ist das Unwetter vorbei. Meine Kleingeister sind weg. Alleine sitze ich auf einem Felsplateau. Es ist schön ruhig. Sehr angenehm. Und so friedlich.

Ich weiß zwar nicht, wo die Reise hingeht. Aber eins weiß ich, die Reise geht weiter.

„Toll, ich weiß was", ruft eine schrille Stimme. Es ist die Ahnungslose. Sie befindet sich im Anflug und steht kurz darauf erfreut neben mir.

Von unten hangelt sich die Systemmanagerin über einen Felsvorsprung zu uns nach oben. Sie keucht vor

Anstrengung und meint: „Alles ist durcheinander und chaotisch. Da kann ich Ordnung schaffen. Wunderbar."

Auch die Professorin der Philosophie landet. Sie klopft sich den Staub vom Gewand und analysiert: „Ach, manchmal könnte ich an dieser Welt verzweifeln. Trotz eifrigem Suchen, Erkennen und Rätseln, finde ich nicht mein Job Glück. Es gibt tatsächlich keine Lösung, außer das zu akzeptieren."

Die Vertrauenslose kommt im lockeren Salto daher und verkündet: „Sicher ist nur, dass sich Dinge unerwartet verändern."

„Ja, und immer dann, wenn ichs nicht brauchen kann", sagt der ewig düstere Nörgler.

Daraufhin verdreht die Leichtigkeit ihre Augen und gibt ihm einen leichten, freundschaftlichen Schubs. Der Nörgler steht am Rand des Felsplateaus, unten tobt die Meeresbrandung. Der Boden unter dem Nörgler ist sehr bröckelig. Er stürzt ab.

Daraufhin klatscht die Zufriedenheit Beifall und die Gelassenheit überlegt, was es heute zum Mittagessen gibt.

Wahrscheinlich, um der Situation etwas Alltägliches zu verleihen, meldet sich mein Handy aus der Manteltasche.

Es ist Bertram, mein ehemaliger, französischer Chef, als ich noch bei Film und TV gearbeitet habe. Der Mann mit den abstehenden, braunen Haaren und den blitzblauen Augen.

Wie so oft hat er eine Idee und präsentiert sie kurz und knapp: „Ich brauche dich ab morgen in meinem neuen Produktionsteam. Kommst du?"

Ich frage ihn, was ich da machen soll.

„Als Hygieneberaterin am Film Set arbeiten."

Weder habe ich bisher so einen Job gemacht, noch jemals davon gehört.

Bertram will mich locken: „Es geht um eine Comedy Serie."

Sinnigerweise heißt sie: „Was lachst du?"

Meine Abenteurerin und Neugierige stehen bereits mit ihren neuen, neontürkis und pink farbigen Laufschuhen in Startposition. Sie beobachten mich gespannt und warten auf meine Antwort.

Die Autorin des Buches

Sylvia Jahn arbeitet und lebt in Süddeutschland, am Rande der Alpen.

Sie schreibt ständig und alles Mögliche: Ideen- und Einkaufszettel, Briefe, Konzepte, Artikel aller Art und dieses Buch.